Ediciones Aguamiel

Narrativa Breve

Una familia extranjera. Antología de escritores hispanos en los Estados Unidos
Editado por: Hernán Vera Álvarez
Publicado en Miami, Florida, en noviembre de 2025
Primera Edición
Serie "Narrativa Breve" - #6

Coordinación editorial y diseño: Alicia Monsalve.
Corrección: Itsia Vanegas.

Fotografías de portada y guardas: Alicia Monsalve.
Fotos de Hernán Vera Álvarez: Maj Lindström, Gastón Virkel.
Fotografía del podcast Historias de la tribu: cortesía de sus productores.
Ilustraciones: Fotografías procesadas, Adobe Suite y Canva doodles.

Publicado por: Ediciones Aguamiel | Bukkio

LCN: 2025922937

ISBN: 979-8-9870034-5-9

Ediciones Aguamiel
Dirige: Alicia Monsalve
Tel./Phone: (323)496-7573
E-mail: edicionesaguamiel@gmail.com
Facebook: www.facebook.com/EdicionesAguamiel
IG: @EdicionesAguamiel

edicionesaguamiel.com

Una familia extranjera

Antología de escritores hispanos en los Estados Unidos

Taller de Escritura Creativa

Coordinado por Hernán Vera Álvarez

Ediciones Aguamiel

Narrativa Breve

"Todo es como los ríos, obra
de las pendientes".

—Antonio Porchia

Agradecimientos:

A Gisela Heffes, Naida Saavedra, Anjanette Delgado, Carlos Pintado, Antonio Diaz Oliva y Leonardo Padrón. Y al resto de los escritores que también han participado jueves a jueves de las clases del taller.

Índice

Una familia extranjera

A la memoria de Mariluz Durazo

Una familia portátil

Ante una oferta laboral en la Universidad de Pittsburgh, la profesora Jorgelina Corbatta le consultaba a Manuel Puig sobre su experiencia en Estados Unidos, país en el que había residido durante algunos años. El autor de *El beso de la mujer araña* evitaba cualquier desvío sentimental: "Te escribo breve porque acabo de llegar de un viaje a Europa y tengo un atraso infernal en mis cosas. Me preocupa tu carta, no te aconsejo para nada EE.UU., es un país muy triste, la gente vive muy aislada y particularmente la literatura latinoamericana es cosa de un puñadito de gente".

La misiva es del 26 de junio de 1981, pero como las novelas de Puig, repele cualquier fecha de vencimiento. La particular dinámica de los afectos en Estados Unidos es un tema recurrente entre los emigrados, no importa si provienen de América Latina o cualquier otro lugar.

Probablemente la eficacia en conseguir aquello que se desea (logros materiales, profesionales y un breve etcétera) se pague a un costo muy alto. En este contexto, ¿qué significa "familia" para el extranjero? ¿Se limita a los lazos sanguíneos o incluye también a las amistades y comunidades? ¿Cómo se mantiene la identidad cultural en un nuevo país? ¿Qué papel juegan la familia y los amigos en este proceso?

Una familia extranjera explora los desafíos que enfrentan los inmigrantes, como la separación física, las barreras lingüísticas y culturales, y los prejuicios que moldean los vínculos. También destaca las oportunidades de fortalecer las relaciones o crear nuevos lazos en el exterior.

En la carta, Puig subraya que la literatura en español es para pocos. Cada reunión del taller tiene ese aire a cofradía secreta que entre catacumbas produce la alquimia: la imaginación, lo vivido y aquello inconfesable se vuelve sensibilidad artística.

Vera
Miami, enero de 2025

[Vanessa Arias Ruiz]

Autorretrato

###

El primer día que recuerdo de mi vida es el día en el que nació mi hermana; tenía dos años y diez meses. A veces me pregunto si lo que recuerdo son las fotos. Me toma cuatro canciones llegar de mi casa a la playa. No asocio aeropuertos con vacaciones, sino con despedidas. Siento algo lindo en el pecho cuando alguien me abraza. Me mudé de Kendall, New Jersey (a 15 minutos de Princeton), a Kendall, Florida (a 15 minutos de otro Princeton). Me gusta hacer deportes, pero no ver deportes. Pienso más en mi perro que en la mayoría de las personas. No sé maquillarme. Para mí, la cualidad más valiosa es la palabra. Le tengo miedo a muchas cosas, pero las hago con miedo. Si te hago una foto, significas algo para mí. Nunca viajo sin mi cámara. No me gusta el café. Me fuí de Venezuela hace 7 años y he vivido en tres estados, siete ciudades y nueve casas. Ninguna con nieve. Creo que tengo déficit de atención no diagnosticada. El humor me parece atractivo. De noche, cierro los seguros del carro como si alguien me viniera persiguiendo. A veces "after" me suena a antes. Me pregunto en qué idioma le hablaré a mis bebés, si tendré bebés, o si los tendré a los cuarenta. Se me anuda la garganta. Me tomó un año decidir si quería terminar con mi ex. Fui a terapia, por primera vez, a los 26. Amo el sonido de la lluvia y creo que hay algo mágico acerca de las personas que escriben del dolor. Mi abuelo escribía poemas. De él heredé la escritura, el amor por las cámaras, la terquedad y el huesito de la nariz. Vivo descalza. Lloro muy seguido para ser adulta. Limpio cuando estoy estresada. Soy espontánea en los viajes; obsesiva en el trabajo. Una vez compré un perfume de hombre para mi almohada. Creo que los sueños esconden mensajes secretos. Suspiro cuando veo la montaña. Me divierten las respuestas disparatadas de los niños a mis preguntas del futuro. Trato de no usar la calculadora dividiendo la cuenta del restaurante. Me fracturé el tobillo en una montaña y cinco años después, cruzando un río. Ambas veces tuve que caminar kilómetros de vuelta. Mis plantas tienen nombres de personas. Tengo un amigo que fue secuestrado dos veces, uno que corrió 38 millas hasta un volcán, una amiga que descubrió que le gustaban las mujeres a los veintitantos, un amigo que ha vivido en todos los continentes, uno que estuvo preso, uno que murió de cáncer a los 21 y una amiga que me dijo que el fantasma de mi abuelo seguía alrededor. Me acuerdo de todas las fechas de cumpleaños, pero se me olvida en qué fecha estoy. Una vez me apuntaron con una pistola en el pecho. En mi mente, las caras de los criminales están pixeladas. Me serví una copa de vino para escribir estas confesiones desordenadas antes de dormir.

La mesa

Mesa de la cocina

Mi hermana y yo nos guiñamos el ojo. Sabemos exactamente lo que eso significa. Mamá nos ha descuidado un momento mientras sacude el polvo de los portarretratos de la sala con un plumero de arcoiris. Son muchos. Nuestra mesa es en realidad una media mesa que está sostenida a la pared y es lo suficientemente chica como para que mi hermana y yo nos contemos secretos sin que nadie nos escuche. Agarro la primera servilleta, la utilizo como pala y escondo todo el arroz del almuerzo. Mi hermana hace lo mismo y nos apuramos a llevarlo a la basura caminando de puntillas. Encima del resto de la basura quedaba nuestro torpe intento de ocultar a mamá las evidencias; lo bautizamos "operación servilleta".

Mesa del patio

"¡Se va a enfriar!" grita mi abuela desde el piso de abajo, mientras todos dejamos caer los controles del *Nintendo 64* y uno de mis primos se enreda con el cable de la consola. A veces mi hermana, que es la más pequeña de las primas, no nota que juega con el cable desconectado. Bajamos las escaleras del recibo del abuelo, lleno de libros, de figuras de cerámica de gente vieja montando bicicleta o alguna bailarina de ballet atrapada en una botella de licor. Siempre nos dio miedo, así que las bajamos corriendo a toda velocidad, aunque sepamos que el abuelo después nos regaña. Nos sentamos en la mesa redonda de madera que da al patio y al jardín de rosas de la abuela. De vez en cuando escuchamos algún "¡Niñitos, bajen la voz!". Hablamos de la baba verde de los premios *Nickelodeon*, de intercambiar barajitas para el Mundial de Fútbol, de nueva música en nuestros *discman* y del topetazo que se había dado un niño del colegio de mi prima jugando a desmayarse. Mientras tanto, jugamos a ver quién mantiene el líquido del refresco en el pitillo por más tiempo.

Mesa de playa

Son los carnavales y mi primo mayor ya no quiere sentarse en nuestra mesa. Mi tío lo dejó traer a su novia a la casa de la playa y si me mezo lo suficientemente fuerte en la hamaca, puedo verlo en el pasillo besuqueándose con ella. Papá y mi tío cocinan parrilla a la leña, mientras el resto de los primos contamos leyendas de miedo como *El Silbón* y *La Sayona*, sentados alrededor del mesón alargado de bancos corridos de madera. Yo decido quedarme en la hamaca, porque se ve mejor la luna. Desde la mesa, la obstruye el muro que da hacia la casa del vecino. Antes no estaba. Me pregunto a quién se le habrá ocurrido decorar el borde de una pared con un montón de botellas de colores rotas.

Mesa de comedor

Faltan dos horas para la medianoche y todos corren en pijamas. Mi tía espera para sacar la torta del horno, mientras mi abuela termina la ensalada de gallina. El mantel está lleno de onoto, chocolate derretido y vino tinto. Pero de algún modo, los Ruiz siempre se las arreglan para hacer lucir la mesa perfecta, en cinco minutos, justo antes de comer. Ya es Nochebuena en New Jersey y brindamos con algunos de mis primos por *Skype*. Mi hermana y yo nos alisamos el pelo y nos tomamos fotos en el espejo del baño. Quiero ir a la fiesta de un amigo después de las doce, pero mamá dice que la Navidad es para pasarla en familia y que en diciembre todo el mundo maneja borracho. A veces, mi abuelo nos deja hacer cosas que a mamá no la dejaba, pero hoy no se siente bien. Tiene un poco de dolor en las caderas y baja sólo un poco antes de sentarnos a cenar.

Mesa del garaje

Mis tíos cocinaron paella. Mamá busca la cámara para hacerme unas fotos con la toga y el birrete y me agacho para estar a la altura de la silla de ruedas de mi abuelo. Mis tíos ayudan a alzarlo para que almuerce con nosotros. La pasta es en realidad su comida favorita y se lo pide a mi abuela sin falta, todos los mediodías, como un acto ensayado de complicidad entre los dos. "¡¿Otra vez pasta?!", dice mi abuela con desgano, mientras prepara los ingredientes del menú del día. Él sonríe y asiente con picardía, pero hoy está más callado de lo habitual y noto que le tiemblan los cubiertos. Varios de mis primos ya han salido de Venezuela, así que esta vez cabemos todos en la misma mesa.

Mesa de Miami

Ninguno de mis muebles combina. Abro un atún en lata y añado algunos vegetales para la cena. Rara vez me da tiempo de sentarme en la mesa; mis días duran 12 horas y casi siempre desayuno en el carro, camino al trabajo. Solo tengo treinta minutos de almuerzo, pero me alcanzan para un sándwich y para llamar a Venezuela. Para la cena, abro la mesa plegable de *Walmart* que me regaló una de mis primas en Miami. No la veía hacía algunos años, pero se aseguró de visitarme y regalarme algunos utensilios de cocina. Mi abuelo era como su papá y creo que le hubiera alegrado saber que seguimos en contacto. Es un apartamento estudio, así que tengo que plegar la mesa una y otra vez luego de cada comida.

[Diana Rodríguez]

Autorretrato

###

Llegué a Miami a los veintiún años. Atrás quedó Costa Rica y su valle rodeado de montañas. Me recibió el nivel del mar, un calor que amenazaba con romper mi piel y un idioma que no era el mío. Treinta años después, a pesar de que tengo un esposo y tres hijos, la mayor parte del tiempo me siento tan sola como el primer día. Pensé que me acostumbraría a las despedidas y a las llamadas a larga distancia, pero no fue así. Mi vida ha sido una mezcla de alegría y tristeza. A diferencia de muchas personas, no le temo al silencio. Por el contrario, para mí es un bálsamo que purifica mi espíritu y es tan necesario como el oxígeno. En un ambiente de ruido constante soy incapaz de escuchar mis propios pensamientos y se me acaban las fuerzas. Un sonido repetitivo podría llevarme a la locura. Al principio era una joven paciente y llena de optimismo, pero poco a poco me atrapó la depresión. Después de mucha terapia me pidieron llevar un diario. Yo no podía escribir, aunque mi vida dependiera de eso. Me obligué a cumplir con la tarea y sin que yo me diera cuenta la escritura se convirtió en mi salvación. Escribo para sanar mis heridas, recuperar la fuerza. Escribo porque mi alma se despierta y las palabras corren por mis venas. Me llena de vida narrar las historias de un pasado que ya no existe. Inventar un futuro con detalles imaginarios, que mezclo con mis recuerdos, algunos borrosos, otros más frescos. El olor a tierra mojada me transporta a tiempos felices, cuando me sentía segura. Un aguacero seguido por un sol deslumbrante hace que la tristeza se evapore. El primer beso vuelve a florecer en mis labios. Un atardecer conmueve mi alma. Armada con un lápiz en la mano, entre renglones, vuelvo a recorrer las calles de zacate de la infancia, persigo burbujas de jabón con mis hermanos. Acurruco a mis hijos y camino con mi esposo por la playa. Luego, amarro con hilos de nostalgia todas mis vivencias, buenas y malas, los recuerdos, mis anhelos y los guardo en un cuaderno, porque con los años me da miedo olvidar de dónde vengo.

Ruta de escape

Escogí vivir en el extranjero sin saber lo que me esperaba ni lo que iba a significar. Mi esposo y yo nos casamos bastante rápido porque él era de Miami, yo de Costa Rica. Los meses de cartas y las visitas breves fueron una agonía para dos jóvenes enamorados. Pensé que íbamos a ser muy felices, él era el hombre perfecto: cariñoso, alegre, responsable y yo lo amaba con locura.

Unos años después desperté del estado de enamoramiento y ya tenía tres hijos. Había dejado mi país natal, mi familia y amigos, mi idioma. Me encontraba perdida en Miami, en especial después de que una amiga con la que compartía mucho se mudó a otra ciudad. Tampoco era fácil salir de visita a otras casas, no a todas las personas les gustaba que llegara con tres niños. Me sentía muy sola y la necesidad de afecto me desgarraba el alma.

En ese tiempo viajar a Costa Rica era mi ruta de escape, mi familia nos acogía. Era como entrar en una sala de cuidados intensivos emocionales o un hotel con todo incluido por dos semanas. A las seis de la mañana mi abuela se llevaba a mi hijo que casi no dormía y las niñas y yo nos levantábamos tarde. Nos sentábamos a la mesa sin saber qué había de comer, la ropa sucia aparecía limpia y doblada todas las mañanas, un verdadero lujo. Los niños se divertían mucho con los abuelos y tíos, en caminatas por senderos entre la montaña cuidados por mi papá, cancha de fútbol, árboles frutales, gallinas y mucho amor.

Mis hijos ya son adultos, mi abuela murió, mis padres no tienen ayuda doméstica. Cuando voy a visitarlos aprovecho para apoyarlos como ellos lo hicieron conmigo. Me asombra la rapidez con que pasa el tiempo. Mi padre, "El Guayacán", como él mismo se dice, todavía cuida de su finca en la montaña. Ha tenido varios accidentes con el tractor de cortar hierba y tuvo suerte de no sufrir gran daño al caer colina abajo, dando tumbos, aferrándose a la máquina cortadora. Se me hiela la sangre cuando pienso en las maromas que tuvo que dar para salir de debajo del aparato, solo y sin teléfono al otro lado de la montaña.

En julio, para mi cumpleaños, mi hija y yo estuvimos diez días con ellos, nos dimos cuenta que la casa necesita una capa de pintura y los muebles que pasaron de padres a hijos están descascarados. Vi a mi madre subir con dificultad los dos escalones que separan la cocina del comedor con platos en ambas manos y apoyándose del barandal con el codo. Mi padre aspirando con chancletas dos tallas más grandes y tropezándose con las mismas; son sus sandalias preferidas, las usa cada vez que baja a la piscina y temo que se resbale por las piedras que están a la orilla de la pendiente. Después de meses de lluvia, la naturaleza intenta tragárselo todo con su verdor y empieza a ganarle la batalla a mi papá. Los senderos que eran el orgullo del abuelo son refugios de boas. Esta vez no nos sentimos seguras recorriéndolos como lo hacíamos antes.

En toda zona sísmica la ruta de escape por si llega a darse un temblor es imprescindible. La casa de mis padres estaba llena de obstáculos: la mesa de la sala, dos puertas, dos gradas, una manguera enrollada y un bosque de árboles milenarios. En esta visita me tocó sentir la tierra moverse bajo mis pies, había olvidado esa sensación de impotencia. Me tiré de la cama buscando con la mano mis anteojos, luego seguí el cordón de la lámpara que no encendió, porque esa noche no había luz eléctrica. Mi mamá salió del cuarto con una linterna a ver cómo estaba, la hija nerviosa, mientras mi padre dormía sin enterarse.

A la mañana siguiente supimos que estábamos justo en el epicentro del temblor y que se esperaba uno más fuerte. Les pregunté qué hacían ellos cuando temblaba y me respondieron que se separaban de las ventanas. Caminé de un lado a otro tratando de encontrar la salida más fácil de la casa, un lugar seguro, en especial para mi madre que tiene menos movilidad. Ahora tardamos diez minutos en llegar a la virgencita del jardín, cuando antes nos tomaba solo tres. Entre más miraba a mi alrededor, más problemas aparecían. Tuve que bajar al pueblo a una tienda macrobiótica por unas gotas de Flores de Bach para la ansiedad y ellos seguían como si nada, ajenos a las consecuencias.

A pesar de que compré los pasajes para volver en diciembre, me monté en el avión de regreso a Miami, ciega por el llanto, sintiéndome culpable por haberlos abandonado y por no estar a su lado en esta etapa. Algunas veces tengo ganas de dejar atrás la vida que construimos aquí y volver a Costa Rica, pero no es tan fácil. Allá las personas de más de cincuenta años no consiguen trabajo, no entiendo la moneda ni recuerdo las calles, conducir es una verdadera locura. En Miami tengo a mi esposo, mis hijos, mi trabajo y mi casa. Entiendo los pormenores de la vida diaria y la moneda. Me desenvuelvo con facilidad y conozco las calles como la palma de mi mano.

Estoy asustada de dejar a mis padres sin una ruta de escape efectiva, me necesitan y para ellos el tiempo pasa más deprisa que el mío. Me siento responsable por su bienestar, a pesar de que mis padres siempre se han cuidado solos y tienen a mis hermanos cerca. No quisiera que mis hijos se sintieran igual que yo, por eso a los cincuenta y pico de años empiezo a prepararme para una vejez segura. Intento hacer ejercicios para no perder la fuerza física y me niego a vivir en una casa de dos pisos.

A veces pienso cómo sería nuestra vida si no me hubiera ido de Costa Rica. ¿Estarían mejor? No lo sé. Pero hoy, mientras escribo desde la comodidad de mi casa, con la perra a mis pies, en lugar de sentirme contenta, tengo el corazón apretado, porque nadie puede prometerme que volveremos a vernos.

El león rugiente

Mi papá es un buen hombre, de esos que ya no se ven: honesto, trabajador, responsable, fiel. Su vida entera se dedicó a hacer lo correcto, a cuidar a su familia. Siempre estuvo presente en nuestras vidas, pero su rigidez y su carácter explosivo lo hicieron inaccesible. No importa cuán bueno sea un padre, si desde su gran estatura le grita a una niña pequeña, esta va a sentir miedo. Un miedo que se cuela en cada una de sus células. Eso me pasó a mí y con el tiempo, lo internalicé como algo normal: el amor va de la mano de los gritos. Después, acepté que me gritaran sin cuestionarlo.

Me hubiera gustado sentarme en su regazo y bailar con él. La única vez que lo hicimos fue el día de mi boda —y con incomodidad—. Unos días después, me fui a vivir a Miami y no tuve otra oportunidad.

¿Cuántas caricias y besos quedaron atrapados en su pecho? No lo sé. ¿Por eso gritaba tanto? ¿Por qué se sentía tan distante? ¿Será que a él tampoco lo besaron de pequeño? ¿Qué le impedía ser cariñoso con nosotros?

Pero también atesoro miles de anécdotas de su devoción y paciencia. Recuerdo una vez que fuimos de campamento a una playa. No había electricidad, agua potable, ni baño, solo unas letrinas, que desde lejos parecían bien cuidadas. Cuando me acerqué, el olor nauseabundo me golpeó la cara y me doblé hacia adelante con arcadas secas. Sentí que me iba a desmayar. Mi papá me levantó en brazos y me dijo que no tenía por qué usar las letrinas, él me encontraría un lugar para hacer mis necesidades. Oriné detrás de la tienda de campaña. Así pasé los primeros días con las nalgas apretadas y sudando frío.

Un día me cansé y dije a mi padre que tenía que hacer mis necesidades en un lugar privado. Con una paciencia desconocida, una palita, un rollo de papel higiénico en una bolsa plástica, me tomó de la mano y empezamos a caminar por la playa en silencio. Un bosquecito de almendros, palmeras y arbustos bordeaba la arena. Cada diez pasos mi papá indicaba un lugar privado y yo le decía que ahí no. Caminamos más de un kilómetro antes de encontrar un sitio. Nos internamos en la maleza y en un claro desde donde no se veía la playa, él se acuclilló para abrir un hueco, luego me dejó sola. Cuando terminé, usé la pala para tapar el hoyo, con la montañita de arena que mi papá había hecho al lado y volví junto a él.

El viaje de regreso fue diferente. Papá caminaba con las manos en la espalda, la bolsa con el papel higiénico y la palita bailaban detrás de él, mientras yo corría alegre con la espuma de las olas y recogía caracoles, sintiéndome segura a su lado.

En otra ocasión, insistió que fuéramos en bici desde el parque de la Sabana al club ecuestre La Caraña, con un grupo de padres e hijas. El recorrido era de 16 kilómetros. Apenas pasamos el puente de Escazú el pelotón de ciclistas nos dejó atrás. No había celulares en esa época; mi mamá y mis hermanos nos esperaban en la meta y ya estábamos a medio camino. No podía dejarme sola, así que me remolcó el resto del camino, sosteniéndome por la parte de atrás del asiento sin ningún reproche.

Así vienen a mi memoria muchas historias. Los pedidos de la farmacia que nos traía después del trabajo, los juegos de béisbol, los paseos en volanta con un caballo tuerto, las clases de natación. Sin embargo, estos episodios se desdibujan en la memoria, en cuanto recuerdo los gritos cuando llegaba a casa y había un juguete en el suelo; la impaciencia con nuestros errores, la sensación que sentía de no ser suficiente para él, la rigidez y la distancia afectiva.

¿Por qué no me decía que me amaba, que era linda? ¿Por qué no me sentó en su regazo? ¿Por qué guardó su paciencia para los momentos difíciles? En el día a día me faltó afecto. Siempre supe que me quería y que estaba segura junto a él, pero cuando era niña yo necesitaba caricias, abrazos y besos de mariposas.

Hace unos años empecé a escribir y me regalaron un libro con ideas para cada día. Cuando tocó escribir un poema a mi padre me bloqueé. Me costaba integrar sus cualidades y defectos. Reflexioné sobre el ejercicio por un buen tiempo y me puse a escribir:

Como león rugiente
es mi papá
su voz me hace temblar
pero su corazón
es especial
Como león rugiente
él cuida de mí
nadie me puede
alcanzar
Como león rugiente
protege su casa
cuando alguien
la amenaza.
Si te tomas
 el tiempo de
conocer a papá
podrás ver

a un hombre

honesto y leal

Mi papá es un abuelo que ama a sus nietos. Algunos son más distantes, otros cariñosos y hasta irreverentes. Hace un par de años que pasamos la Navidad en Costa Rica. Mi padre estaba sentado frente a mí y uno de mis sobrinos lo abrazó por detrás y le dio palmaditas en la barriga como si fuera un tambor. Jamás se me hubiera ocurrido hacer esto, ni siquiera tocarlo. Mi personalidad reservada y asustadiza no me permitió romper la barrera entre nosotros. La distancia entre mi papá y yo no era solo su culpa.

En mi último viaje hicimos una caminata en el volcán Arenal. Sin darnos cuenta mi papá y yo nos quedamos atrás. En medio de árboles gigantes y lianas que ocultaban el cielo, tuve la oportunidad de escucharlo sin interrupciones. Me impresionó mucho la agilidad y fortaleza que conservaba a sus setenta y ocho años. Me guio por los senderos resbaladizos por el barro. Me daba la mano para pasar sobre un árbol caído, nos deteníamos a descansar y reponernos un poco de la caminada y aprovechaba para contarme del temor que sentía ante la responsabilidad de sacar adelante a cinco hijos. Nunca se me había ocurrido que él pudiera sentir miedo. Después de una caída, se limpió las rodillas y siguió como si nada. Este tropiezo lo llevó a pensar en la crisis económica que pasó y agradeció el apoyo que mis hermanos y yo le dimos. Luego, embriagado por el sol y la selva me confesó lo orgulloso que estaba de sus hijos, yo incluida. Fingí que me interesaba una autopista de hormigas que cargaban hojas alrededor de un tronco, para disimular mi emoción. Cuando nos acercábamos al final del sendero sentí alivio, pero también me entristecí, nuestro tiempo juntos terminaría.

Cuando regresaba a Miami, mi padre me estrechó espontáneamente entre los brazos y me dio muchos besos rapiditos en la mejilla. Lo abracé con fuerza, desconociéndolo. Me costó mucho separarme de él. Bien dice el refrán, "No se le pueden quitar las rayas al tigre" y tampoco se le pueden quitar los rugidos a un león.

Desde la ventanilla del avión desaparecerían las montañas majestuosas de mi tierra, y yo sabía que papá seguía en el aeropuerto, que no se marcharía hasta que nos perdiera de vista.

Comprendí que esos besitos fugaces, tatuados en mi mejilla, empezaban a sanarnos tanto a mí como a mi padre.

[Ivón Osorio Gallimore]

Autorretrato

#

Nací en Cuba. Primera parte. Sietemesina. 5 libras y media de peso. Catarros, eczemas, y las vacunas correspondientes. Una madre joven, un padre ausente que más adelante decidió darme su apellido aunque nunca vivió con nosotras. Descubrí palabras adecuadas, gestos heredados, juegos que salvaron mi inocencia. Entré en la adolescencia y con ella páginas y páginas de cosas sin sentido. Llegadas a deshoras, contestas impertinentes, cada acción fuera de lugar. Me apaciguó una operación que me dejó vacía para siempre, sin esperanza de continuar con mi estirpe. Tuve que crecer de manera apresurada. Mi madre casi se enloquece en su segundo embarazo al verse sola de nuevo. Mi hermano se convirtió en mi hijo por un tiempo, mi madre en la hermana menor. El que pudo escapó del infierno, yo quedé retenida por ser menor de edad y necesitar la firma de mi padre. Todos perdimos en aquella ocasión: la cordura, el amor, la vida. Nada dura para siempre. Mi madre siguió como pudo, mi hermano es la persona que es con los retazos que fue armando. Yo escapé del país dejando la profesión de mis sueños (productora y directora de un programa de radio) con el único consentimiento de los santos del panteón yoruba y con una estampilla de San Miguel Arcángel. Llegada a Miami. Segunda parte. Enseguida aumenté de peso. Me obsesioné con el helado Edy 's de vainilla. Apenas las estrellas eran perceptibles. Eso me entristecía, además de otras cosas. Las comunes cuando te sientes fuera de lugar. Comencé a trabajar vendiendo colágeno. Aquello duró tres días, por eso nunca lo menciono. Luego tres semanas en la radio. Me asustó un aviso de bomba y nunca más regresé, ni por el cheque. Con una depresión que me hacía llorar cuando nadie me estaba viendo, comencé a trabajar en el Ross de Coral Way y Douglas Rd. Mi vida cambió. No por el trabajo, sino porque podía esperar a que fueran por mí en el Blockbuster del frente o en Barnes and Noble que estaba a una calle de distancia. Fue mucho después que descubrí Booksandbooks. Comencé a entusiasmarme y fui a buscar trabajo en el Publix de la zona. Luego de varios intentos me dieron un part-time de cashier. Entonces dejé las madrugadas en el almacén de la tienda. Seguía insatisfecha. Dije que sí a una oportunidad que se me dio en el departamento de fotos de un Walgreens. Obtuve un full-time. A los pocos meses me pasaron a la farmacia e hice el PTCB y saqué la licencia de pharmacy tech de la Florida. Luego de siete años regresé a Publix con una mejor posición. Ese siempre fue el lugar que escogí para ganarme la vida. En el 2012 regresé a Cuba. Me dio culebrilla en un ojo y en la frente al descubrir que ya no pertenecía a ninguna parte. No fue hasta que comencé a escribir y en la TribuVera que todo fue cogiendo sentido. Las palabras cayeron sobre mí y asaltaron mi cuerpo, mi mente. Entonces, me convertí en un libro abierto que en su momento podrán leer.

El gusano de cincuenta libras

Volé de Cuba a México con la excusa de participar en un congreso cultural. Mi tía y su hijo, que vivían en Miami aprovecharon y fueron a verme. Se aparecieron con un gusano que contenía cincuenta libras de regalos. La noche antes de mi regreso a la Habana al primo se le ocurrió la idea de que cruzara la frontera y me fuera a vivir con ellos. La tía se sorprendió y le dijo al primo que dejara de jugar con algo tan serio.

—Llamemos a tu hermana, a ver qué dice —le respondió.

La sobriedad desplazó a la alegría que reinaba en la habitación del hotel.

—Mira el trabajo que costó que el Ministerio de Cultura le autorizara su permiso de salida —dijo a la tía.

—Es verdad, pero las cosas no se pueden hacer así como así. Primero hay que…

—Tienes razón.

El primo fue a la recepción y compró una tarjeta de cinco dólares. Al regresar, abrió su celular Motorola de color verde y comenzó a marcar los números de esta y los del teléfono fijo de mi casa.

Se escuchaba un sonido extraño.

—Siempre es lo mismo. Y lo más lindo es que aunque cuelgue pierdo dinero en la tarjeta.

La tía estuvo de acuerdo en que el plan era una gran oportunidad, pero antes, había que consultarlo con mi madre.

En verdad, vivir en otro país no formaba parte de mis planes. Ese siempre había sido el sueño de mi mamá, no el mío.

—No está abandonando a nadie. Desde Miami la va a poder ayudar más —repetía el primo una y otra vez.

El gusano estaba encima de la cama. Ninguno de los tres le quitaba la vista mientras esperábamos a que respondieran del otro lado del celular. El primer día que nos encontramos, lo abrimos. Yo necesitaba ropa interior y un par de zapatos decentes que ponerme. La verdad es que compraron de todo. Batas de casa fresquitas, pitusas, camisetas, blusas y sayas —estas eran mías, pero apenas me las puse—, dijo la tía. Chancletas mete dedo, sandalias y unos tenis. Café Pilón, una cafetera, paquetes de refresco instantáneo. Hasta empacaron las aspas del ventilador ruso que originalmente había sido diseñado para descongelar los refrigeradores y el gobierno lo vendió por separado. A mi mamá se le había caído y estaba loca por arreglar el suyo.

—Si está en tus posibilidades, envíame jabón de baño. Que no sea líquido, que aquí no hay agua para quitarse eso de encima —le dijo mi madre a su hermana cuando le preguntó qué necesitaba. Habían puesto unos CD de Olga Guillot y Celia Cruz, que íbamos a poder escuchar en el equipo de la vecina. Algunas hebillas de pelo y relojes chinos. En Cuba, esta pacotilla se vendía bien.

La voz de mi mamá se escuchó a través del celular. El primo me paso el teléfono. Le conté de los regalos. No tuve el valor de hacerle la pregunta. Mi tía me quitó el aparato de la mano. Yo le hacía señas para que no dijese nada. Comenzaron a hablar de cosas triviales. Entonces, por una respuesta que escuché, supe que mi mamá lo había mencionado.

—¿Estás segura de que eso es lo que quieres?

Miré el gusano y pensé en todas las cosas que no iban a llegar a la Habana.

La subida

Regreso al país después de varios años. La primera parada será la vieja casa, templo de mis ancestros que —espero— haya podido resistir los embates del tiempo. Con la familia que se quedó en el país, perdí contacto, o mejor dicho, ellos dejaron de tratar a todo el que se fue, porque éramos gusanos y santeros, nos gritaron.

Hago la entrada por la calle Patria en un Cadillac de 1950, color naranja y blanco, con cola de pato y asientos tapizados en piel. Podría parecer una ostentación; pero era el taxi que seguía en la fila. Solo eso.

Lo primero que noto es que la senda ahora es de dos vías. Los bicicleteros, con sus carrozas de 5 ruedas, suben y bajan en dirección a la Calzada del Cerro o al Estadio Latinoamericano de Béisbol. Hay que recorrer cuatro cuadras antes de llegar al número 115 de los altos. Al avanzar, los colores que traía en mi memoria se van desvaneciendo. Apenas quedan balcones en pie. No obstante, persiste el recuerdo de mi niñez sentada en algunos de ellos cada vez que visitaba a una amiga.

El Cadillac se detiene frente a la que fue mi casa. Detrás de los cristales de las gafas, mis ojos que antes ocultaban el asombro, ahora se nublan. Quiero despegar los pies del piso, mis piernas no responden. La imagen frente a mí proyecta una película en retroceso.

El balcón ya no está apuntalado; sobrevive, como tantas otras cosas que aún no se han caído. Empujo y la puerta se abre. Cada escalón me cuenta una historia. Se me antoja el olor a fritura de malanga, a merluza frita, a café, a humo de tabaco recién cortado de la mano de mi tío abuelo. Los espíritus ancestrales que danzan a mi lado me sostienen.

Donde hubo un yale ahora reluce un hueco redondo por el que se puede mirar hacia adentro. Lo hago. Una butaca con la guata por encima del asiento, una mesa sin sillas, un televisor Electrón 211 en el piso. Encima de este, libros abofados por la humedad. Al fondo, al lado de las columnas de mármol blanco en las que descansan los restos de lo que fueron las habitaciones, está el primo Lorenzo, antiguo capitán de la policía en el Combinado del Este. Con un palo de escoba dibuja círculos en el aire. Está descalzo, viste una camisa con los bolsillos desprendidos y unos pantalones deshilachados. Usa espejuelos oscuros que no le ajustan en el rostro. Asumo que no puede ver debido a la diabetes que sufre desde niño.

Me doy la vuelta y bajo despacio. No creo que sea justo aparecer en medio de la nada sin haber avisado.

Autorretrato

# # #

De niña, con cuatro o cinco años, un caballo blanco y un piano rondaban mi cabeza; nunca tuve ni uno ni el otro. No paraba de cantar la canción más escuchada de Jeanette por esa época: ¿Por qué te vas? De adolescente declamaba poemas. No vivo en el país que nací. He podido visitar otros lugares del mundo, viajar me oxigena. Le he preguntado a mi madre muchas veces, y me ha respondido lo mismo: no fui concebida en un aeropuerto ni en un avión. Me gusta más el día que la noche. La puesta del sol es una obra de arte, pero me quedo con el amanecer: es la promesa de un día más, nuevos proyectos, nuevas oportunidades. Compartir con amigos es un lujo. Mirar fotos de antes me hace pensar que todo tiempo pasado fue mejor, casi todo lo lindo que hay en ellas es irrepetible. HOGAR y FAMILIA debían escribirse siempre con mayúsculas. Prefiero el verano. Las grandes ciudades no dejan de asombrarme. Hacer el Camino de Santiago me confirmó que soy una parte pequeñísima de algo enorme. Me sucede algo que no sé describir cuando llueve y camino sola bajo una sombrilla. No tengo bronca con mi cuerpo: no es perfecto, es el cuerpo natural de una mujer después de los 50 años que ha tenido dos hijos. No hago todo el ejercicio que debía, pero sí me inquieto cuando veo tres libras de más en la pesa. Uso la ropa que me haga sentir cómoda. Tengo el pie egipcio. Un día me percaté de que no uso zapatos destalonados. Todos mis zapatos tienen un soporte en el empeine y una correa que amarra mi tobillo. Es así como me mantengo con los pies en la tierra: no hay chance de que ande a la deriva. Tengo por costumbre leer libros físicos. Escribo los borradores a mano, disfruto como se transforman cuando los llevo a la computadora. No puedo pasar mucho tiempo sin ver el mar, aunque sea de lejos. Me importa tener tiempo para hacer las cosas que me gustan: viajar, leer, escribir, pescar. El olor a maíz tierno y a culantro me transportan a la cocina de mi abuela. No estoy cerca de ser minimalista, tampoco muy lejos; cuando decoro el árbol de Navidad, me delata. Hay ocasiones en las que prefiero estar sola, otras veces me asusta. Un regalo es tan solo un detalle. Creo en el valor de la comunicación y en los vuelos espaciales. No ahorro dinero: prefiero los cócteles. No imagino la vida sin música.

Sin hacer ruido

"Nosotros hacemos ruido para tapar el agujero
que tenemos adentro."

Nuestra parte de noche, Mariana Enríquez

Primero surgió la idea del viaje, luego aparecieron las dudas.

¿Nos entenderemos después de tantos años? ¿Aguantaré una semana en tu casa? ¿Se quedarán cosas importantes por decir?

Salió a la escalerilla del avión y recibió un abrazo cálido de la tierra donde había nacido. En dos horas estaría con su padre.

Desde la ventanilla del auto vio pasar el Estadio Panamericano, los edificios de Alamar, el balneario de Tarará (donde fueron atendidos los niños víctimas de la tragedia de Chernobyl), las Playas del Este, los pozos de petróleo, el puente de Versalles. Todo pasaba muy rápido, como los avances de una película.

Al chofer no le importó detenerse antes de llegar. Ella respiró hondo: enseguida reconoció el olor, era el mismo olor a mar que llevaba pegado desde hacía mucho tiempo. Bajo la sombra de unos pinos pudo contemplar la ciudad y su bahía, tan majestuosas como siempre.

Las nubes tomaron formas caprichosas e hicieron que recordara a su padre joven: cuando pescaba submarino bajo el puente del río Canímar y vaciaba los sacos de langostas en el patio cementado; cuando leía libros con detalles históricos, como *Nuremberg* y *Fouché*; cuando pintaba cuadros pequeñísimos de paisajes rurales.

En algún momento llegué a creer que también éramos amigos, y tal vez lo fuimos, pero solo por un tiempo, cuando más jóvenes. Ahora no somos amigos: yo sabría cómo te gusta el café con leche, qué medicinas tomas a diario, cuál es tu pronóstico del clima para hoy, por qué estuviste donde el psicólogo, si le das gracias a Dios por algo. Tú sabrías que tomo un "cortadito" cada mañana, que de momento siento frío y de momento calor, que lloro en la ducha, que regar las plantas me hace bien, que a veces escribo cuentos.

No vas a entender mi Spanglish, intentaré encender la luz en medio de los apagones. No te vas a creer las veces que me lavo las manos; no sabré cómo bajar la velocidad y estarme quieta, sin tener nada que hacer.

En la playa, hace veinte años atrás, éramos nosotros los que nos reíamos juntos por cualquier tontería. Ya no somos los mismos. Ahora vestimos esa armadura que te regalan los años, las despedidas, la lejanía, la escasez y la abundancia.

Miró la hora en el teléfono celular. Le pidió al chofer que, por favor, la llevara de regreso al aeropuerto. La miró extrañado, entonces ella le explicó que había dejado algunas cosas pendientes. Y era cierto: aún no terminaba de leer *Nuestra parte de noche*, tenía ya empezado un óleo del puente de Canímar; y, si no había mucho viento, podría salir a pescar.

Las alas de los trenes

Mis abuelos paternos me llevan a pasar tiempo con la familia de mi madre en cada receso escolar, cuatro veces al año. Mamá no siempre está. Viajamos en un tren de trece vagones, me gusta el asiento pegado a la ventanilla: en las curvas alcanzo a ver los vagones del otro extremo del tren. Aprovecho esos días para estar despierta hasta tarde, juego a los yaquis, a los palitos chinos; y hasta me dejan dormir en el piso con todos los primos.

El tren tiene aire acondicionado. Voy abrigada, con medias y pantalones largos. El viaje dura toda la noche, unas diez o doce horas; el abuelo Severino lee un periódico y abuela Marcia va sentada a mi lado, me acomoda una almohada, me tapa con una toalla gigante; cuando despierto, ya casi llegamos.

Abuela Nora, la madre de mi mamá, se acuesta tarde, prepara distintas comidas a la vez. Algunas noches la acompaño; miro como amasa la harina con el rodillo, la masa se estira y se estira hasta cubrir casi toda la mesa. Abuela me indica: el jarrito de aluminio es el molde. Presiono la parte hueca sobre la masa cientos de veces; luego ella pone dulce de guayaba en el centro de cada círculo, los dobla a la mitad y me enseña. Aplasto el borde de cada semicírculo con los dientes de un tenedor. Al día siguiente, abuela Nora fríe las empanadillas.

Viajamos en el mismo tren, durante cada receso escolar. Me gusta ver a la gente en cada estación: algunos suben apurados, buscando sus asientos; otros llegan y abrazan a quienes los esperan; los últimos se acercan vendiendo chambelonas y cremitas de leche. Desde los caseríos, los niños gritan y corren, mientras saludan al tren. Si aparto la vista de la ventanilla por unos segundos, no puedo ver los puentes y los ríos caudalosos, los mismos ríos de los que habla la maestra de Geografía.

El andén está repleto, un sombrero de nylon negro sobresale por encima de todos, ese puede ser abuelo Milo que casi siempre viene a recogernos. Esta vez mi mamá está en casa; ha venido con mi hermana, una pequeñita de tan solo dos años. Mami lleva el pelo por encima de los hombros, se ve tan linda. Nos tomamos algunas fotos juntas.

Abuela Nora regresa de las tiendas con el pelo recién peinado, las cejas bien delineadas, lleva un collar corto y aretes de presión; entonces un vecino le repite que se parece a Libertad Lamarque. Viene cargada con regalos para todos. Después del almuerzo, el abuelo Severino busca el lugar más fresco de la casa: se duerme en el piso limpio del corredor.

De todas las frutas, los zapotes y los mangos son mis preferidas. Dejo los mangos para antes de bañarme, me siento en el piso, recostada al muro de la entrada de la casa, y me embarro toda la cara y la ropa, no importa si me ensucio.

Por la tarde, prendemos el tocadiscos de abuelo Milo. A todos nos gusta *Eva María*, la canción del grupo Fórmula V; la cantamos a gritos. Después, mi mamá explica que se va del país: viaja con la niña hacia Costa Rica. Por la cara que todos tienen, la noticia no es buena, pero no entiendo mucho.

***

Ahora conozco mejor mi ciudad: paso tiempo en la biblioteca, en el teatro Sauto, declamo versos de Carilda Oliver Labra en la casa de la trova. Me fascinan las tertulias del Parnaso, allí comparto el té y poesía con unos cuantos que saben de periodismo, arte y literatura.

Añoro los viajes de antes, pero las rodillas de los abuelos ya no resisten tantas horas de tren; mi papá cuida de ellos; ahora paso mis vacaciones en los campamentos de pioneros, mis estudios van en serio y los novios también.

***

Mi esposo soporta el tren por más de doce horas. Quitamos esa división que separa los dos asientos, vamos enroscados; los besos y apapachos nos entretienen, pero no son suficientes para que el viaje parezca corto. Estamos llegando. Estoy a punto de abrazarlos a todos; mejor dicho, a todos no, el abuelo Milo ya no está.

Abuela Nora no pudo ir a nuestra boda, ahora exige que se repita. Celebramos como hace unos meses atrás, con vestido, traje, *cake* y fotos; esta vez con la otra parte de la familia. Nos despertamos con los gritos de los pregoneros y el ruido de sus carretillas, nos asomamos al balcón y las montañas transforman la mañana en un paisaje perfecto.

***

El mismo recorrido en tren dura día y medio. El aire acondicionado se rompe, lo arreglan, pero se vuelve a romper. No podemos perder de vista las maletas, sobre todo en cada parada; llevamos bolsos repletos de biberones, pañales, toallitas. Llego empapada en orine, huelo a vómito; mi esposo suda con olor a hierro; la bebé sonríe dormida.

***

Abuela Nora le pone azucenas y velas a Santa Bárbara, hoy conoce a su primera biznieta, y vuelve a ver a mi mamá después de trece años. Abuela se luce en la cocina, prepara ensalada fría y hayacas; que no se me parecen a ninguna otra que haya probado. La semana se va de prisa; regresamos aún más cargados de lo que vinimos.

***

Viajamos en el mismo tren de antes, ahora tiene siete vagones. La niña va a mi lado, le acomodo una almohada, la tapo con una toalla gigante; mi esposo nos mira desde el otro asiento y también vigila el equipaje. A las dos de la tarde del día siguiente, entra un aire caliente por las ventanillas que no me deja respirar, cada uno se abanica con lo que encuentra: un periódico, un pedazo de cartón. Esta vez nos quedamos.

***

Seguimos esperando que llegue la aprobación para la salida del país; creemos que no va a suceder nunca. Abuela Nora regresa de hacer mandados, con sus zapatos de tacón mediano y un peinado alto que deja ver su collar y sus aretes rojos de presión. La casa huele a maíz, son hayacas recién hechas, cada vez saben mejor, abuela les echa algo que no nos dice. Mami viene de visita una o dos veces cada año. Los niños dejan los mangos para antes de bañarse, se sientan descalzos en el piso, recostados al muro de la entrada de la casa, y se embarran de pies a cabeza. No importa si se ensucian.

***

El vuelo desde Miami toma una hora y quince minutos, un vecino que tiene auto nos recoge en el aeropuerto. No hay nada como volver a casa, me pierdo mirando las montañas desde el balcón, mi esposo le compra zapotes y mangos a los pregoneros que pasan con sus carretillas; abuela Nora todavía se las arregla para que la casa huela a maíz y culantro. Los niños comen sin freno, enloquecen con las frutas, recorren las escalinatas de la ciudad, y luego me dicen que dos semanas es muy poco tiempo.

***

Llegamos en una hora y quince minutos, el vecino que tiene auto nos recoge en el aeropuerto, a mi mamá y a mí. Abuela se consume, llama a su papá y llora para que la acuesten en una cama de hospital que han puesto en la sala; le cuesta reconocernos. Está pelada, sin aretes, sus huesos sobresalen y se le cae la dentadura. Todos la cuidan, mi tía la cuida más que todos.

Pasamos horas al lado de abuela, nos turnamos; y, mientras, vamos repasando, una a una, las fotos que ella tiene en la sala: de los quince de mi tía, de mi boda, las de mi mamá antes de irse a Costa Rica, de los nietos y biznietos, de ella cuando joven.

[Liana Fornier De Serres]

Autorretrato

###

El comienzo de mi adolescencia se definió por el paso de las muñecas y los cuentos de hadas, a las novelas de Corín Tellado. Apenas llegar al colegio, mis compañeras y yo nos convertíamos en moscas alrededor de aquellos pequeños libros de romances y comenzaba la fiesta del intercambio, antes de entrar a clases. La descripción de un beso en una de sus páginas presagiaba misterios que hacían parpadear mi cuerpo y me instaban a buscar lo desconocido de aquellas sensaciones. Comencé a rechazar mi apodo de infancia y surgió mi nombre verdadero opacando el anterior hasta el olvido. A los quince años tuve mi primer novio, las novelas se volvieron realidad. Desde entonces, mi sombra ha sido la escritura. Y también mi vida secreta. Hoy, la palabra **nostalgia** trae una armonía agridulce, la belleza y el dolor del recuerdo, la pasión, la pérdida, la intensidad del momento. Casada, he vivido en cinco países; de cada uno me queda la riqueza de la gente, su amistad. Lo demás no lo recuerdo. El matrimonio debería ser un contrato igual al del alquiler, renovable cada tres años, pienso. Me alegra ayudar, aunque esa ayuda tal vez se olvide pronto. Si estoy agobiada por algún conflicto, sólo la música me calma, me siento al piano y los preludios de Chopin enlazan mis manos junto a las sonatas de Schubert. Amo las películas con un componente psicológico y los libros donde es necesario leer entre líneas para entender la segunda historia, aquella que surge debajo de lo obvio. Desde Costa Rica y sola, me trasladé a Miami. Contraté a una señora para limpiar el nuevo apartamento. Apenas ingresó, su figura pequeña me increpó por conservar «esa cantidad de cosas que llenan su casa y que aquí no se usan». Con el dedo índice señaló el juego de comedor de doce puestos, tallado a mano en Florencia, Italia, cien años atrás; las alfombras persas junto al reloj francés de bronce del siglo XVIII; el librero de caoba que perteneció a mi padre y sus libros forrados en cuero. Mi mirada se detuvo en cada cosa que ella señalaba. Cada una de ellas me acercaba el dolor de una partida, el dolor de lo que se deja. Ese dolor que, en situaciones semejantes, llenan nuestros ojos de lágrimas. Solo pude decir: son mi familia.

Volver

"pero el viajero que huye, tarde o temprano detiene su andar…"

El avión aterriza y la azafata nos alcanza, a mi esposo y a mí, los abrigos guardados. Desde nuestros asientos de primera fila, y mientras esperamos el permiso para bajar del avión, una enorme pantalla se enciende delante de nosotros. Nos envía ráfagas de escenas de Montevideo y paisajes que me atrapan. Mis ojos logran introducirse entre ellas y me siento parte de lo que muestra. Suena la música del tango «Volver», estoy ya en el pasado y mi corazón estalla.

Las imágenes me ubican en los juegos mecánicos del parque Rodó, el fainá, la pizza y, con ella, la infaltable cerveza. Me adentro en el querido barrio Pocitos, frente al mar, donde viví tantos años; a la puerta colonial de Montevideo que da paso a la Ciudad Vieja, llena de galerías de arte, restaurantes y pequeños cafés de coloridos toldos. Las lágrimas bajan por mi rostro, que antes sonreía gozosa por llevar a este italiano orgulloso de Florencia, su ciudad natal, a conocer mi paisito, mi fantástico país y su gente. Mi esposo me mira sorprendido. Claro, él no sabe, no puede saberlo —ni yo misma, hasta este momento—, que al salir de Montevideo tuve que engavetar mis sentimientos para resguardarlos: ¿acaso habría posibilidades de un regreso? ¡Cómo sobre-vivir si no los hubiera guardado! ¡Cómo vivir sin mi familia, sin mis amigos, sin mi perro Jack! Salí durante una dictadura… y me recibe una patria libre.

Mi esposo me abraza con una media sonrisa que ni él ni yo sabe-mos interpretar.

Llegamos a casa de mi madre en un taxi. No son veinte años como los del tango, pero son muchos y han dejado huella. Un olor viejo me recibe. Olor a familia. Olor a cariño y a desencuentros. Después de los saludos, mis ojos pasean por los muebles antiguos que mi mamá aún conserva. La mesa del comedor, ahora de solo cuatro puestos e impe-cable como de costumbre; el reloj carrillón y sus campanadas de tres notas musicales emitidas cada quince minutos. Con esos sonidos me voy a mi niñez y a mi hermano: él y yo competíamos para cantarlos. «Mamá, ¡qué belleza oír de nuevo el carrillón!» comento con una son-risa. Su respuesta, tajante, me la roba.

—¡Es de tu hermano! Él ya me lo pidió.

El pasado regresa.

Mi esposo me toma de la mano y me pide que lo lleve al balcón que da hacia la avenida. Asomados, vemos las calles que convergen y forman una estrella. La más ancha es la avenida Agraciada, donde es-tamos ubicados. Desde el alto balcón seguimos con la mirada esa cinta ruidosa, donde los autobuses son su principal contenido. Al fondo, nos recibe el Palacio Legislativo, impresionante en su arquitectura de mármoles y bronce. La conversación deriva al interés de mi marido en conocer la historia del palacio y su construcción, cosa que le explico con una alegría reencontrada.

Al día siguiente rentamos un vehículo. Me siento desesperada por tomar el volante y recorrer mis calles, mis lugares, aquello que quiero mostrarle y compartir con él, mis recuerdos: la casa donde viví tantos años, el teatro al que concurrí durante todas las temporadas musicales de invierno. No es posible. Él se adueña del volante y de mi ciudad, en complicidad con una guía turística que ha comprado en la agencia de autos. Yo paso a ser su acompañante.

Un domingo, después de almorzar en una *trattoria* de la Ciudad Vieja, nos resulta imposible no caminar por la zona. Entramos en la plaza Matriz, dividida ese día en pequeños espacios para los anticuarios. Allí se puede conseguir una infinidad de objetos: jarras de plata, candelabros de bronce, pulseras, collares, porcelanas, hasta fotos de abuelas y bisabuelas. Desde la plaza seguimos hacia las galerías de arte y diviso, antes de tomar la calle, la famosa casa de antigüedades europeas visitada por mí, tantas veces, cuando vivía en Montevideo. Tenemos que entrar. Después de recorrerla me quedo estática frente a un gran reloj exhibido sobre un aparador de caoba. Un dependiente se acerca solícito, al ver mi interés. Francés, del siglo XVIII, de bronce y veinte kilos de peso, me informa. La esfera parece sostenida por dos mancebos, cada uno a su lado, en posición soñolienta, y me recuerdan algunos grabados de Gustavo Doré. Los detalles me atraen. Luego de varios minutos de contemplación, me doy cuenta de que mi esposo está detrás de mí. Con una sonrisa, me toma del brazo y me invita a irnos. Lo hago como los niños, retirándome despacio mientras mi cabeza sigue de costado para no perder la visión del reloj.

No sé oponerme a su alegría, a su deseo de verlo y abarcarlo todo, como si de su ciudad se tratara. A la hora de la cena, fuimos a recorrer los restaurantes de la calle San José, uno al lado del otro, con sus parrillas exhibidas en la vitrina, desde donde el chef cocina las distintas carnes y cortes a la vista de los transeúntes. Es una novedad para él. Su sonrisa de asombro me recuerda la de un niño, y yo también sonrío.

Recorremos la calle deteniéndonos en todos, hasta que, finalmente, uno de ellos lo convence y entramos.

Llega el día de nuestro regreso a Florencia. Mi mamá nos acompaña hasta el aeropuerto y éste me da la impresión de ser gris, triste, insignificante. Una opresión en mis sienes me indica que es mía la tristeza. Había imaginado mi disfrute en ver, sentir y palpar mi ciudad, tantas veces añorada, mis queridas calles, monumentos, ruidos, olores. Y, además, compartirlos con él, mostrarle su maravilla. El resultado fue otro: él decidió ser un turista ávido de conocer lo típico de la ciudad, deleitarse de las comidas y de todo lo que llamara su atención. Sentí que pudo haber viajado solo: él nunca oyó el latido de mi corazón.

Después de chequearnos, mientras esperamos en la sala correspondiente, el parlante anuncia el nombre de mi esposo. Lo solicitan en la aduana. Al ver mi sorpresa, me dice que a él no le sorprende ese llamado, incluso había preparado la respuesta. Lo veo retirarse y, curiosa, decido seguirlo. Le digo a mi madre que regreso en unos minutos. Al llegar a la aduana, él ya está hablando con los funcionarios mientras le muestran un paquete abierto. Oigo sus risas y la palabra: «¡suocera!» entre ellas; (suegra en italiano) «¡La suocera!».

Mi esposo regresa hacia mí, sonriente, y antes de poder hacerle la pregunta me pasa un brazo por los hombros y dice que le han arruinado su sorpresa: me ha comprado el reloj en el anticuario, se lo habían embalado correctamente, pero debido a su peso fue abierto en la aduana, lo cual él esperaba que pudiera ocurrir. Los funcionarios le preguntaron sobre el objeto, me explicó, aunque yo ya lo había oído como también su respuesta envuelta en su simpatía habitual: «Imaginaba que esto podía ocurrir, pero preferí entenderme con ustedes, antes que enfrentarme a mi suegra diciéndole que no podía llevarme su regalo en mi primera visita a Montevideo».

«Solo me han pedido unas cervezas», me dice entre risas.

Lo abrazo y entiendo que los regresos no son todos iguales. La vida cambia nuestros caminos sin pedirnos opinión y nosotros debemos escoger el que todavía tenga futuro, un futuro distinto, un futuro con una gran pantalla donde colocar nuestras nuevas ilusiones.

[María José Caporaletti]

Autorretrato

#

Según me contó mi vieja, nací en el hospital Rivadavia. Ella lo decía con orgullo porque en esa época ejercía de enfermera y su mejor amiga, la que luego sería mi madrina, de partera. Fui una bebé regordeta, con muchos rulos, características que me acompañan todavía por etapas. En las etapas alegres, mis rulos brillan, en las tristes se caen y pierden forma. Acá en Miami, mis rulos se volvieron más rebeldes, tanto como yo, que lucho a diario por conservar mi esencia, acomodar el desarraigo y no olvidarme de tomar mate de vez en cuando. Soy demasiado empática. Trabajo a diario en mi egoísmo. Me esfuerzo en quererme más y la mayoría de las veces no me sale. Tomaba café con leche de pequeña. Hoy no me gusta el café y soy alérgica a la leche. Eso de las alergias es mi especialidad.

Le hago poco caso a los temores y suelo saltar al agua sin salvavidas. Un 4 de Julio, el bote en el que paseábamos se dio vuelta, las olas eran más altas que un edificio de tres pisos. Me amigué con el mar y decidí flotar hasta que llegó el rescate. Podría haber estado allí por horas con mi calma en el caos. Me considero algo rara; presiento cosas que se cumplen, y también sé si alguien que quiero mucho miente. Hace poco me amigué con mi interno mar. Sé que no sirve pelear con uno mismo, ni con nadie. Acepto, cambio o me voy. Debo practicar más el "no". Aprendí mucho de mis viejos, aprendo un montón de mis hijos. Disfruto viajar, sola o acompañada, a decir verdad, la segunda opción un poco más. Soy curiosa, a veces hiperactiva, no me gusta cocinar pero adoro comer. Amo con el alma y el cuerpo. Uso todos mis sentidos. A veces me considero un oso panda, necesito ser cuidada con abrazos. Extraño el empedrado y el fútbol, pero ya no tanto, desde que llegó Messi, es algo así como tener un pedacito del sur en el patio del fondo. Escucho tango cuando estoy nostálgica y me enamoro de algún cubano o argentino cuando me invade el aburrimiento o tengo ataques de soledad. Bailo salsa y almuerzo pan con bistec un par de veces a la semana.

También escribo historias, casi a diario. La verdad no las escribo todas, más bien las pienso, las cuento y algunas privilegiadas, solo algunas, llegan al papel.

Necesito oír su voz

La luz entraba invasora por la ventana y dejaba una pequeña placa de polvo sobre el antiguo mostrador de madera oscura. El aire acondicionado podía sentirse como una locomotora andando, pero el calor y la humedad seguían ganando la batalla.

Sandra acomodó su pelo detrás de la oreja, respiró profundo y acercó su boca aún más al celular.

—¿Cómo que no viaja? ¡Pásale el teléfono! ¡Quiero escuchar esas palabras de su propia boca!

Silencio.

Dobló su cuerpo en dos y se tocó la frente con la mano izquierda, mientras seguía gritándole al celular con la otra.

—¡Más tarde no! ¡Ahora! ¡Ahora tenemos que resolver esto!

Una voz masculina la interrumpió. Se dio vuelta y allí estaba él, todo elegante, mirándola.

—*Hi! Here I deliver the keys of the Ford Mustang. Can I have the invoice, please?*

—*Sir, please, leave the key in the box.* Le mandaré un email esta tarde.

—*Sorry, but I need it now.* Siempre lo mismo, luego no lo envían y pierdo el reintegro de la empresa —agregó amable, pero firme.

—*Sorry sir, I can't do it now.* Es una emergencia.

Del celular se escuchó una voz en la distancia.

—¡No me cortes! No es así. ¡Tenemos que hablar!

Con manos húmedas y temblorosas apretó el teléfono contra su pecho y un hilo de lágrimas comenzó a caer por sus mejillas.

Al otro lado del mostrador seguía el hombre esperando. Su reacción fue buscar en los bolsillos del traje y entregarle su último paquetito de pañuelos de papel.

Ella lo miró y comenzó a llorar, sin ningún control.

—*Please tell me...* ¿Cómo puedo ayudarla? No se ponga así. Seguro tiene solución.

Su respuesta fue tomar uno de los pañuelos y soplar con fuerza.

—Venga siéntese aquí—. dijo acompañándola lentamente al sillón

Sandra no opuso resistencia ni emitió palabra, sollozaba.

Él se acercó a la máquina expendedora. Sonaron unas monedas al caer.

—¿Le gustaría un chocolate? Mi madre siempre me daba uno cuando estaba triste. Mire, acá tiene para elegir.

Ella lo volvió a mirar y descubrió unos ojos azul profundo tratando de ayudar. Él se sentó a su lado y continuó con su tarea de rescate.

—¿Qué tal si...?

—El de almendras es su preferido —dijo ella, sacudiendo la cabeza como si acomodara las ideas—. Disculpe, ya le imprimo su boleta.

—No se preocupe, lo hacemos luego. Ahora, cuénteme, ¿quién tiene el poder de causarle tanta amargura?

Sandra le contestó casi en un susurro.

—La persona más importante de mi vida: Natalia.

—¿Y qué hizo Natalia para ponerla así?

— No quiere volver.

—Bueno, a veces, nos toca aceptar que no todos queremos lo mismo. Yo una vez…

—Es mi hija. Tiene 12 años —lo interrumpió.

—Ah, ¿y por qué no la va a buscar?

—Está en Argentina.

—Un poco lejos. La entiendo, el mío vive en La Habana y me parece el fin del mundo.

—Fue a visitar a su papá por las vacaciones…

—Y… ahora no quiere volver… ¿Y el padre qué opina?

—Feliz de la vida. Se cumplió su deseo, pero no tiene la mínima idea de lo que es educar a una adolescente. Ella me necesita y yo, a ella.

Sandra comenzó a mirarlo incómoda por tanta curiosidad. Él se anticipó a sus preguntas.

—Viví algo semejante con mi hijo. Su madre nunca quiso firmar un permiso de viaje. Trabajadora del gobierno, ambos opresores, ya tú sabes.

Ella relajó los hombros y continuó con su desahogo:

—Vinimos a Miami hace tres años… Fue todo muy difícil: sin papeles, sin dinero. Mi ex nunca consiguió trabajo estable ni se pudo adaptar. Yo hice lo que pude: trabajé en varios lados, pagué la renta, sostuve a la familia, siempre buscando un futuro mejor…

—Tremenda lucha, mujer. Toda sola.

—Pero él, poco a poco, se derrumbó. Buscó refugio en la bebida. Ese fue el comienzo de la pesadilla. Después llegó el accidente, la cárcel y el DUI. Lo que había entre nosotros se quebró.

Él le tomó la mano con ternura.

—Hace un año volvió a Buenos Aires —guardó el aire, se mordió los labios y continuó—. No quería que viajara sola, pero insistieron tanto. Fue imposible acompañarla, estoy en pleno trámite migratorio.

—La entiendo perfectamente. A mí me toca esperar hasta que mi muchacho sea mayor para estar con él. Nos cambiaron los planes...

—Podría creer que fue todo planeado. En Buenos Aires, abuelos y amigos habrán hecho lo suyo. El vuelo de regreso es mañana y no me dejan ni hablar con ella.

—¿Usted cree que la retienen por la fuerza, como si fuera un secuestro?

—No sé qué pensar. Quiero abrazarla. Necesito oír su voz.

Los dos se miraron fijamente. Él agregó:

—Vuelva a llamar. Ponga el teléfono en speaker. Seré su testigo. Grabaré la conversación y, si hace falta, llamaré a la policía para iniciar la denuncia. Tengo algunos contactos que podrían ayudar.

Sus manos buscaron el número por *WhatsApp*.

—Pásame con Natalia, por favor —dijo con voz temblorosa—. No me des más vueltas.

La espera se hizo inmensamente larga.

De pronto la cara de Sandra se iluminó. Hasta sus ojos cambiaron de forma y color.

—¿Qué pasó, mi amor? Contame la verdad ¿Qué está sucediendo? No llores, por favor.

El hombre le hizo señas de activar el *speaker*.

Una voz finita y lejana, le contestó.

—No, lo que pasa es que... la escuela de allá no me gusta, la comida no me gusta, vos trabajás todo el día. Yo estoy sola y no tengo con quién hablar... Papá me compró una compu nueva y un *frenchie*. ¡No sabés qué lindo es! Se llama Milo y duerme conmigo. De verdad, te quiero mucho, mamá, pero no voy a volver. Papá ya me anotó de nuevo en la escuela. Mamá, ¿estás ahí?

—Pero, hija, vos sabés que yo... —La madre se apoyó contra la pared. Lentamente se fue deslizando hacia el suelo.

—Te amo.

Esas palabras las dijo con los ojos empapados, y cortó la comunicación.

Su vida cambió en Miami

Sintió un dolor agudo en el pecho y abrió los ojos. Tenía una botella de suero conectada a su brazo. Se vio en una cama que no era la suya, blanca, angosta pero alta. Escuchó voces que venían del pasillo, pero no comprendió ni una palabra. Sin fuerza para moverse. Se preguntó dónde estarían los demás.

Poco a poco, las imágenes de la mañana vinieron a su mente, se tocó el pecho buscando su medalla y no la encontró.

***

Llegó a Miami con dos mochilas y una hija colgando de cada brazo.

Su cabeza daba vueltas pensando en las mil preguntas que le podría hacer el oficial de migraciones: *Me preguntará a qué vengo, si traje dinero, a dónde nos quedaremos y por cuántos días. Me tengo que acordar de la dirección. ¿Cómo era? 2740 noroeste, calle ocho... ¡No! ¡No recuerdo el código! ¿Dónde puse la libreta con las respuestas? Tranquila Gloria, no te pongas nerviosa... Venimos de vacaciones, por 15 días... a ver a la tía Carmen, no puedo nombrar a Benigno, él está ilegal. ¿Y si me habla en inglés? ¡Sonamos, no voy a entender nada! ¿Y si me llevan al cuartito ese que dicen todos, donde te hacen mil preguntas y nos mandan de vuelta? ¡No tengo dinero para volver! La bebé está olorosa. Departamento 4, Miami. Creo que se hizo caca. ¿Dónde la podré cambiar?*

—Pasaportes ¿Dónde van a alojarse? —dijo el oficial, un afroamericano alto y gordo que hablaba español con acento marcado.

Gloria no alcanzó a responder. El hombre se dirigió a la hija mayor.

—¿Vas a la escuela?

—Al jardín.

—¿Y por qué no estás en clase?

—¡Venimos a Disney! —contestó una sonrisa de oreja a oreja.

Su inocencia fue todo lo que necesitaron para cruzar los pasillos interminables del aeropuerto y escapar de la muchedumbre que aún ignoraba su suerte. Un aire intensamente húmedo la esperaba del otro lado del vidrio. Las gotas de sudor corrían por sus mejillas y entrepierna. Se sentía algo pegajosa, pesada y también sucia. Así conoció Miami.

Entre la vorágine, las bienvenidas, los fumadores y autos multicolores, vio venir la razón de su viaje. Un hombre gordito y despeinado corrió hacia ellas y las abrazo. A unos metros también la esperaba un viejo Chrysler Lumina.

—Necesito cambiar a la niña, Benigno. Estamos despiertas desde las tres de la mañana.

—Tranquila Gloria, falta poco. Reservé un hotel por dos noches en Orlando. Pedí permiso en el trabajo. Quiero cumplirles la promesa.

Ella sonrió extenuada. Durante el viaje hablaron de las actividades que harían en Disney mientras disfrutaban del paisaje tropical que les regalaba la ciudad. En un momento, cuando llegaron al Turnpike para pagar el peaje, Benigno dijo:

—Busca algunas monedas, por favor.

—No veo nada.

—Fíjate ahí, son unas plateadas y grandotas. Yo tenía varias, estoy seguro.

—Las tendrás en el bolsillo, cabezón— contestó Gloria.

—¡Mamá! La bebé se está comiendo mis papitas!

—¡A mí me robó el pan!

—¡Suficiente niñas! ¡Nada de pelear!

Detuvieron el auto junto a la ventanilla del peaje. Benigno desprendió su cinturón de seguridad, para revisar los bolsillos con comodidad. Gloria giró para poner orden en el asiento trasero. De pronto sintió como si una locomotora los estuviera desplazado del lugar, se hizo un profundo silencio, enseguida la luz del sol se apagó por completo.

Una enfermera abrió la puerta de la habitación.

—Hi, Gloria. Welcome.

Gloria apenas si pestañeó.

—Oh. *I forgot...* —como si fuera una radio, la enfermera cambió el dial y habló en español: Tienes visitas.

Gloria, giró lentamente la cabeza, tratando de entender lo que estaba ocurriendo.

—No te asustes, tienes unas costillas rotas, pero en unos días estarás bien.

Dos señores vestidos con saco y corbata se acercaron a su cama.

—¿Dónde están mis hijas? — balbuceó Gloria.

—*Do you prefer Spanish?*

—No entiendo nada.

—Sus hijos están bien, señora, recuperándose. Pronto el doctor le dirá.

—¿Qué pasó? ¿Dónde? ¡Quiero verlas ahora! —Sus lágrimas comenzaron a caer a borbotones. Quiso incorporarse, pero no pudo: su cabeza pesaba una tonelada y su torso parecía atravesado por cuchillos que la perforaban aún más con cada movimiento.

—¿Y Benigno? ¿Por qué no vino?

—¿Usted qué recuerda? dijo el hombre de azul.

—Creo que fue un golpe —contestó.

—Un camión se quedó sin frenos señora —dijo el de negro— Su esposo voló por el parabrisas.

—¿Cómo? ¿Cuándo podré verlo?

—Señora... —se detuvo, buscando las palabras.

—Su esposo...

—¿Dónde está Benigno? ¡Hable!

—Falleció. Lo siento mucho.

Gloria comenzó a buscar la medalla de la Virgen en su pecho y no la encontró. Las fotografías de este corto viaje se apilaron en su mente: el avión, la despedida, el oficial, las niñas, los carteles en inglés, el viejo Chrysler Lumina, su Benigno despeinado, las monedas perdidas y, como una ráfaga de viento caliente, volvió a sentir una locomotora acercándose, pero esta vez desde el interior de las entrañas hacia su garganta reseca. El corazón palpitaba tan fuerte como sus sienes, y la habitación desapareció por completo.

[Claudia Prengler Starosta]

Autorretrato

#

Disfruto revisar mis viejos álbumes de fotos porque me regresa por instantes a esos momentos y a esas personas. Sonrisas detenidas en el tiempo que me permiten estar allí una vez más. Me pregunto cómo es que la vida pasa tan rápido. Siento el discurrir del tiempo como una pieza de origami donde cada pliegue es necesario. A veces, en el camino nos toca recomenzar y es ahí cuando cada doblez acumulado en nuestra memoria cobra importancia. En mi adolescencia me gustaba escuchar tangos. Me llamaba la atención la letra tan poética y casi siempre triste, pero con un tono de romanticismo. Cuando escuché por primera vez el tango "Volver", se me quedó grabada la frase "veinte años no es nada". "Sentir... que es un soplo la vida, que veinte años no es nada, que febril la mirada... errante en las sombras...". Es apenas ahora que comprendo esas frases, haciéndolas mías. Un día estamos haciendo un castillo de arena y al voltear estamos jugando con nuestros nietos. De niña me fascinaban las figuritas abrillantadas de flores y muñecas. Siempre he sido débil con el chocolate, en especial con los alfajores. En las paredes externas de mi colegio judío solían aparecer esvásticas pintadas en negro. He vivido en tres países y seis ciudades. A los quince años me despedí de Buenos Aires, la ciudad que me vio nacer, porque nos íbamos a un país de montañas muy verdes, donde los pájaros te despertaban por la mañana. Mi primer año de casada lo viví en un pueblo muy caluroso del interior de Venezuela, en donde la realidad parecía un sueño y los personajes salidos de un cuento. Tiempo después, cuando viví unos años en Minnesota, disfrutaba sentarme frente a la ventana y observar la nieve. Me transmitía serenidad ver cómo el viento la desplazaba de un lado al otro hasta formar nuevas dunas. Me da energía oler el aire de mar, aunque sea desde la ventana de un carro. Cuando estoy desvelada, es cuando vienen a mi mente las mejores ideas. Debo tener a mano un cafecito negro bien caliente cuando escribo. Me interesa todo lo que tenga que ver con la historia e indagar en el árbol genealógico de mi familia. En el museo de los ciegos la música se oye más cerca. Al final, es verdad que la vida es fugaz, dejemos que otros perciban nuestra esencia.

Primera aventura en Caracas

Carla recordaba poco de ese primer apartamento en Caracas, la ciudad donde había emigrado con su familia siendo una adolescente. Lo único que lograba visualizar con claridad era las letras grandes en metal brillante al frente del edificio: Residencias Pinali.

Al poco tiempo, se mudó a otro, que también quedaba en la urbanización Los Palos Grandes y se llamaba como su padre, "Don Pedro". Le pareció raro, pero divertido, que las casas y urbanizaciones rodeadas por montañas verdes tuvieran nombres y no números, como en Buenos Aires, de donde ella provenía.

Con su hermana, un año menor, solían dar vueltas por la zona. Se sentían grandes e independientes porque venían acostumbradas a viajar solas en colectivo. A diario, Carla bajaba esperanzada a la conserjería para averiguar si le había llegado alguna correspondencia; y salía corriendo escaleras arriba cuando recibía carta de su noviecito, su primer amor, para encerrarse en el cuarto a leerla en soledad.

Una tarde, las hermanas estaban dispuestas a seguir investigando los alrededores cuando la conserje, una señora entrada en años, alta y delgada, les recomendó que fueran a conocer la plaza Altamira: "Es muy linda y queda cerca", dijo.

Les pareció una buena idea y se encaminaron a su primera aventura hacia lo desconocido. En pocos minutos, llegaron a la plaza sin problema y, como cargaban encima unas pocas monedas, compraron helados y se sentaron un rato a observar a la gente pasar. Se sentían orgullosas de haber encontrado el sitio tan rápido y fácil, pero ya se estaba haciendo la hora de volver a casa.

Notaron que por allí pasaban unos carros que eran como taxis, pero que llevaban unos cartelitos y, como no recordaban el camino de regreso, pararon uno que decía "Grandes". Fue perfecto, porque el pasaje costaba un bolívar por persona, justo lo que tenían. Ese día aprendieron que esos vehículos se llamaban *carritos por puesto* y que llevaban varios pasajeros que se bajaban en distintas paradas. Como iban hablando y riéndose, no advirtieron que se alejaban, hasta que el conductor les dijo que esa era su parada: "Sabana Grande".

—¿Cómo que Sabana Grande? Nosotras íbamos a los Palos Grandes —dijo Carla, sorprendida.

—Hasta acá llego yo, es mi última parada. Tomen otro que las lleve de regreso —contestó el conductor.

Las hermanas se bajaron y le preguntaron a un hombre cómo volver; les indicó que cruzaran la calle para ir a Los Palos Grandes. Pero había un problema, ya no les quedaban monedas. Caía la noche y ellas, dos adolescentes de largas melenas, estaban esperando un carro y sin dinero.

Alguien las observaba a pocos metros. Ellas, sin notarlo, intentaban encontrar en sus bolsillos alguna moneda escondida, hasta que las miradas con aquel hombre se cruzaron. Por un momento, él bajó los ojos. Era un señor alto y canoso que vestía un traje color crema. Carla frunció el ceño y se le borró la sonrisa. Le susurró a su hermana que no lo mirara; sin embargo, al cabo de unos minutos, no pudieron evitar la tentación de ver si el hombre aún seguía allí.

Ellas se quedaron clavadas a la acera y las unió una risita nerviosa cuando advirtieron que no solamente él permanecía aún ahí, sino que ahora se les aproximaba. El hombre caminaba despacio y en línea recta hacia ellas. Carla tomó la mano de su hermana y la apretó hasta clavarle las uñas. El hombre, que comenzó a caminar más rápido, les hizo gestos que no entendieron, y fue entonces cuando intentaron alejarse. Sin embargo, pronto las alcanzó.

—¿Necesitan ayuda? —preguntó con voz clara.

En ese momento, Carla percibió que el individuo no tenía malas intenciones y le contó lo que les había pasado. Al notar enseguida su acento argentino, el señor le dio un bolívar a cada una, mientras les decía: "Tomen, chicas, cuando estuve en Buenos Aires me trataron muy bien".

Al llegar, por fin, a su apartamento, sus padres las esperaban impacientes junto a Ema, una amiga de la familia que había emigrado a Caracas unos años antes.

Las hermanas contaron la increíble aventura a viva voz.

—Estas niñas no pueden andar solas por ahí, es muy peligroso —dijo Ema.

A partir de ese día, y por un largo tiempo, no las dejaron salir solas. Eso fue lo primero que Carla sintió perder: su libertad.

Mientras tanto, se iba adaptando a las amistades del nuevo colegio y las cartas que llegaban de lejos empezaron a distanciarse. Extrañaba el disfrutar de una familia extendida de abuelos, tíos y primos, y se dio cuenta de que esto era otra cosa que estaba perdiendo. Ahora eran tan solo un núcleo familiar de padres y hermanos.

Con el tiempo, esas facetas de la vida reaparecieron, pero transformadas en nuevas libertades y familias construidas.

No digas nada

Año 2009. Al hijo de catorce años se le dice que no debe decir nada. Va a la escuela, se encuentra con sus amigos, los mira fijo a los ojos queriendo hablar, pero no puede, aún no. Los padres tampoco dicen nada, pero la decisión está tomada.

—¿Por qué no puedo decírselo a mis amigos?

—Tienes que esperar. Papá dice que es conveniente... Hay que ser prudentes, por su trabajo.

—Está bien, avísenme cuando pueda.

Pasan los días, las bolsas se empiezan a acumular.

—¿Puedo decirlo ahora? —pregunta el jovencito.

—Todavía no, ya te dije que te vamos a avisar, falta poco.

Llega la última semana de clases. El hijo apenas quiere comer. Se encierra en su habitación cuando regresa del colegio.

Esa noche se sienta a la mesa con los padres.

—¿Puedo ahora? Ya no aguanto más —dice con los ojos humedecidos.

—Ahora sí, hijo.

El adolescente respira hondo y se seca las lágrimas.

[Mila Hajjar]

Autorretrato

###

Nací en Roma, en un barrio lleno de robles que se llama Monteverde. De pequeña pasaba horas sentada en las ramas de esos árboles, observando desde arriba como paseaba la gente. También abundaban los gatos. Jugaba con ellos y les llevaba comida. Amo los animales, por eso no los como. Soy madre de un hijo nacido, de tres que no nacieron, de una gata sin cola, de espejismos y sueños. También soy madre de los personajes de mis cuentos. A veces siento que soy niña, otras que tengo 40, 50, 120... Mi edad fluctúa, no la marca la fecha del calendario. Soy arquitecta de mente y artista de alma. Comunico mejor con pinceles que con palabras. Lo que se me traba en la garganta sale fluido entre pigmentos y resinas, se vuelve color, textura y expresa lo que siento. Si tejo o bordo, hablan mis manos. Cuando entrelazo hilos en el telar, me parece tocar las cuerdas de un arpa muda y soy feliz. Nunca me he drogado. Ni siquiera he fumado marihuana, pero me emborraché dos veces. Tres. Hago trekking una vez al año. Mi montaña favorita es Mt. Rainier, en el estado de Washington, porque es glaciar y volcán a la vez. Un día me perdí. Cayó la noche, el frío era insoportable, los ruidos se volvían dragones. Pensé que era muy triste morir sola. Me meto en los cuadros de Leonora Carrington y luego me cuesta salir de ellos. Me hubiera gustado ser entonada, tener el valor de lanzarme en paracaídas, ser más hábil con la tecnología. Una vez encontré un pelícano con un ala rota en la playa de Pampatar. Lo llevé al veterinario y me dijo que había que amputarle el ala, que ya no volaría, que moriría de hambre al no poder pescar. Busqué quién pudiera adoptarlo, pero nadie quería un pelícano en la casa. ¡Cinco! Fueron cinco, las veces que me emborraché. Amo acariciar pieles, plumas, pelajes, escamas, hojas, cortezas. Amo oler las flores y, cuando lo hago, cierro los ojos. Hablo tres lenguas, pero canto en todos los idiomas. Mi madre ha sido la luz y la felicidad. Mi padre las tinieblas y el dolor. Ambos me amaron. Me gusta flotar boca arriba en el agua de la piscina: sentirme sostenida, ver pasar las nubes en el cielo y escuchar cómo se distorsionan los sonidos cuando el agua cubre mis orejas. Al pelícano le conseguí un santuario, así lo llaman: Una casa con un enorme jardín y un laguito donde cuidan animales en peligro. Cuando me despedí de él, me sonrió. Juro que me sonrió.

Espuma

Ana abre la puerta de la lavandería de su piso y ve un envase de jabón sobre la lavadora.

Vive desde hace tres meses en un viejo edificio de Brooklyn, en un país que no es el suyo. Los apartamentos tienen lavadora y secadora de uso común en un cuarto pequeño en el fondo del pasillo. Ana no se acostumbra a tener que compartirlas. Cuando se cruza con alguien, piensa que las bragas de esa persona estuvieron en su misma lavadora y siente asco.

Por suerte, hoy la lavadora está vacía y no tiene que esperar el turno. Ana toma el envase que vio al entrar. Abre la tapa y lo huele. Sonríe: el olor la lleva a la azotea de su casa, cuando era niña y ayudaba a su madre a tender la ropa. Ana puede verse pasándole las pinzas de madera. Su madre decía que eran seres mágicos que sostenían la ropa con un mordisco. Ana, entonces, se las ponía en los hombros y se sentía invencible.

Mira las letras del envase. No las lee porque no es su idioma. De haberlo hecho, hubiera entendido el significado de "Concentrated soap".

Decide probarlo, total, el jabón está ahí, abandonado.

Coloca la ropa en la cesta de la máquina y vierte en ella abundante líquido. Presiona *Start*.

Sale, y treinta minutos después está de regreso para agregar el enjuague. Abre la puerta de la lavandería y una espuma blanca invade el pasillo: se expande, se extiende, se ajusta, sobrepasa, irrumpe, conquista, asedia.

Ana la empuja hacia adentro, pero no logra detenerla. La espuma se escabulle, pasa por entre los dedos, por entre las piernas, la esquiva y avanza determinada.

Ana se abre paso con dificultad y entra en la lavandería. Trata de alcanzar la lavadora para frenar ese vómito blanco que sale por la tapa semiabierta del tope. La espuma la detiene, cubre sus rodillas, le impide avanzar, la bloquea. El ruido de la centrífuga es un chillido cortante, contrasta con el silencio de la espuma que sube leve por el cuerpo de Ana, rozándolo con un cosquilleo impalpable. Ana agita los brazos, quiere arrancársela, pero la espuma se abre y se vuelve a juntar, se parte y se recompone, sigue subiendo, como en un baile, creando pequeñas burbujas que explotan y se reproducen. Ana se gira, quiere salir del cuarto.

El piso está mojado y resbala.

O, a lo mejor, no resbala. A lo mejor es la espuma que la jala. Que la deglute. Que la digiere y, al final, eructa pinzas de madera.

[María Victoria do Pico]

Autorretrato

#

Los fines de semana son para dormir la siesta. No me gusta andar descalza por casa. En la playa prefiero los días nublados. Me cuesta inventar charla trivial. Saludo primero a los perros que a la gente. A veces tengo que apagar la música porque no me deja oír mis pensamientos. Cuando Dios me fabricó, me puso los pies de una persona más alta. Duermo boca abajo; si —por accidente— me quedo dormida boca arriba, me despierto gritando. Estudié una carrera que no ejerzo. Hice casi todas las manualidades existentes. Tengo un hambre animal por las mañanas. Emigré dos veces. Algunas mudanzas me rompieron en pedazos. No me pregunten de dónde soy, no lo sé. De chica viajaba sentada en un almohadón sobre la palanca de cambios. Memoricé todas las tiras de Mafalda. A los cuatro años derrumbé una estantería de vidrio en un local de alfajores Havanna. Me gustaría poder cantar. Todavía me muerdo las uñas. Cuando empiezo un rompecabezas, todo lo demás queda en suspenso hasta que lo termino. Escribo sin faltas de ortografía. Sufrí "bullying" cuando aún no se llamaba así. Usé aparatos en los dientes dos veces. Extraño lugares y personas sin remedio. Después de un ataque de tos, estornudo. Quise tener hijos y no pude. Solamente soy capaz de enamorarme de hombres ingenieros. Tengo opiniones impopulares. Siento mariposas en el estómago ante una venta de muebles usados. En un ataque de estrés creí quedarme ciega. Por mi hermana aprendí fotografía. Tomo mate, leo ficción y me mantengo ocupada, siempre muy ocupada, para validar mi existencia.

Talle extra grande

El cuartito de las donaciones era deprimente, pero al menos tenía una mesa y espacio para moverse. En una esquina estaban las bolsas sin abrir, usábamos la mesa para seleccionar y doblar, y la ropa ya clasificada se apilaba sobre los estantes por categorías: hombre, mujer, niños, zapatos. El mate pasaba de mano en mano, conversábamos sin dejar de trabajar.

Laura era una de esas amistades improbables que hacemos cuando estamos en un país nuevo y no conocemos a casi nadie. Cincuentona y con el nido vacío ella, yo arañando los treinta y agobiada por una crisis existencial. Las dos residíamos temporalmente en Santiago de Chile por los trabajos de nuestros maridos, buscando qué hacer y con demasiado tiempo libre.

Fue idea suya la de ofrecernos como voluntarias en la parroquia. Nos asignaron el agujero negro: el cuarto a donde iban a parar las donaciones que traían los feligreses. Había que revisarlas y organizarlas para enviar a parroquias de barrios más pobres. Nos bastó un primer vistazo para resolver que no íbamos a tocar nada sin guantes.

Hay algo impúdico en el acto de revisar ropa ajena. Nos tocó encontrar cosas que no hubiésemos querido ver nunca: medias agujereadas, axilas amarillas, manchas sospechosas, zapatos destruidos, tangas estiradas, olores, pelos. Algunas cosas las lavábamos, otras eran inservibles. A medida que crecía la montaña de ropa "para tirar" decrecía mi fe en la humanidad. En cambio cuando descubría la ropa sana, limpia y doblada, se renovaba mi esperanza. Así sucedió con la ropa del gordo.

—Mirá esto, Lau.

El paquete que estaba abriendo olía a suavizante para ropa. Dentro había una pila de pantalones masculinos doblados con cuidado. Los pantalones variaban en color pero eran exactamente iguales en corte y medidas. Eran superlativamente grandes.

En la bolsa siguiente encontré camisas, también perfectamente planchadas y dobladas, también inmensas. A continuación sacos de vestir, cinturones kilométricos, sweaters de invierno y de verano. Incluso había una bolsa con camisetas y calzoncillos blancos, impolutos.

—Lau, creo que este gordo se murió y donaron toda su ropa. Mirá la cantidad.

—Viene de la tintorería —afirmó, revisando un recibo atrapado entre dos prendas.

—Nunca vi ropa tan grande. Tiene que haber sido un tipo gigante.

—Es muy difícil conseguir ropa tan buena en estos talles. Está confeccionada a medida, ¿ves?, no tiene etiquetas. Y acá le bordaron las iniciales -señaló en el puño de un saco un monograma con las iniciales R.E.

Contamos en total catorce pantalones, veinte camisas, quince remeras, doce sweaters y nueve sacos. Para entonces ya había decidido internamente que esa ropa no podía irse con el resto de las donaciones. Iba a terminar en la basura o en un rincón oscuro comida por las polillas. Pero para alguien, en algún lado, podía ser valiosa. Me entusiasmé con la perspectiva de unir dos piezas perdidas en el espacio.

—¡Seguro que es la ropa del señor Egaña! —se emocionó la secretaria parroquial cuando fui a pedir permiso para llevarme las bolsas– Que en paz descanse. Lamenté mucho su fallecimiento. Era un caballero, tan generoso, tan activo en la parroquia...

Siguió ensalzando al difunto y a su respetable familia mientras anotaba en un papel los datos de las dos parroquias que recibían nuestras donaciones. Enfocada en mi misión, no tardé en empezar a hacer llamados telefónicos. Tenía que encontrar un gordo.

—La ropa está muy buena, pero es para un hombre extra, extra grande. Como Hagrid, el de Harry Potter.

Algunos no habían visto las películas. Y no tenían ningún Hagrid. Llamé a otras parroquias, a iglesias evangélicas, después a centros comunitarios y a escuelas de barrios periféricos. Siempre la misma respuesta. Aún así no me desalenté. Publiqué avisos en las redes sociales y esperé. Casi dos meses más tarde sonó el teléfono.

—¿Señora Victoria? Me ha dicho mi vecina que tiene ropa para un hombre de… de gran tamaño. A mi marido le podría servir.

Laura me acompañó a Puente Alto un sábado a la mañana. La idea era evitar el tráfico infernal de Santiago en días hábiles, pero éramos tan novatas en cultura local que nos sorprendieron las calles cortadas por ferias libres. Al cabo de varios desvíos llegamos a una vivienda estrecha pintada de celeste, con un limonero en el antepatio, visillos tejidos a crochet y macetas cargadas de geranios. Una mujer y una niña muy entusiasmadas nos obligaron a pasar.

Rubén era un gigante joven de voz melodiosa. Resultaba desproporcionado para esa casa de muñecas, pero se movía con una destreza inesperada para su corpulencia. Sin perder el buen humor, se encogía bajo los marcos de las puertas y pasaba con precisión milimétrica por los estrechos espacios entre los muebles. Su mujer y su hija revoloteaban a su alrededor como dos pajaritos, risueñas y amorosas.

—Asiento, asiento. No pueden irse todavía.

Nos instalaron en un sofá floreado, nos ofrecieron té y pan recién hecho. Una gata soñolienta nos miraba desde el marco de la ventana. Me llené la boca con una masa frita azucarada, todavía tibia, y me hundí en la abundancia de cojines.

Estaban encantados con las bolsas de ropa. Rubén elegía una prenda, la desplegaba y la levantaba en el aire para que sus chicas la celebraran. A pedido de su hija, se excusó unos minutos y volvió ataviado con uno de sus nuevos trajes, que le calzaba a la perfección. Desfiló dando unos pasitos como de baile y ellas aplaudieron. Contagiada por el jolgorio general, aplaudí también.

Luego quisieron saber de nosotras, por qué estábamos en Chile, dónde quedaba nuestra parroquia.

—¿La Dehesa? Mi madre me llevó a pasear por ahí una vez cuando era chico. Ella trabajó en casa de una familia en ese barrio cuando era joven, pero después se fue al sur, donde nací yo.

A su padre no lo había conocido. Según su madre, había sido militar y había muerto antes de su hijo. Sin que pudiese frenarla, mi mente comenzó a atar cabos. Las iniciales R.E. El padre desconocido. El honorable señor Egaña. La empleada doméstica. La huida al sur. ¿Acaso era posible que…? Miré a Laura buscando su complicidad, pero mi amiga no había detectado nada sospechoso en el relato. Por supuesto que podía estar divagando, al fin y al cabo siempre fui muy fantasiosa.

Rubén no salía de su asombro por la exactitud de los talles, el largo justo de las mangas y las piernas. Se me acercó a agradecerme por enésima vez.

—Nunca me había encontrado con alguien de mi tamaño, y este hombre era igualito a mí. ¿Cómo puede ser?

Me encogí de hombros y dije alguna pavada sobre el universo y las coincidencias. La única hipótesis que se me ocurría para explicar esa semejanza era digna de una telenovela.

En ese momento la niña fue al patio a cortar una flor de geranio blanco que le enganchó a su padre en la solapa.

—Mírate, papá, estái guapo. Solo te falta un sombrero.

—Ya, pues, vamos a tener que comprar uno.

Era casi mediodía y nos levantamos para despedirnos. Afuera el sol encandilaba y se oía a la distancia el bullicio de los comerciantes. Salimos juntos hasta la calle y partimos en distintas direcciones, nosotras hacia el auto, Rubén con sus chicas colgadas de cada brazo a buscar un sombrero a la feria.

Autorretrato

No quiero hablar de mí, de lo que soy, de lo que he hecho. Nada de eso importa. No me importa a mí, no le importa a nadie. Sin embargo, hay cosas que pasan en la vida que no termino de entender. Suceden así porque sí y yo me parto la cabeza buscando respuestas. Algunos me dicen que es porque Dios nos pone pruebas y que todo tiene una razón de ser, solo que yo no creo en Dios. Prefiero vivir la realidad que se construye en mis textos, la que está afuera puede doler demasiado y, además, no sé si en verdad existe.

Meteoropática

Se fue a la cama pensando en el día siguiente. Pasaba horas allí, bajo las cobijas, con la luz apagada, obsesionada por esa pantallita que brillaba sobre la palma de su mano. Todos los días era igual: revisaba la aplicación del móvil para ver el clima.

Era viernes. La mañana anunciaba día soleado. No era algo común en ese rincón del mundo al que había escogido emigrar hacía cuarenta años. Allí siempre llegaba la neblina. Sigilosa como una serpiente, se iba metiendo desde la costa por toda la bahía hasta cubrir la ciudad. Por eso, ese día, Laura salió a regañadientes hacia su oficina, contando las horas que tendría que perder frente a un escritorio, frente a una pared llena de fotos familiares, notas y calendarios que clavaba uno sobre otro, y que le recordaban lo vieja que era.

—Hoy tienes tu sol —le dijo, bromeando, una de sus colegas mientras le daba una palmada en el hombro—. ¡Estarás de buen humor!

Laura le devolvió una mueca que ocultaba su alegría.

En el trabajo la apodaban de una manera muy peculiar: como el clima determinaba su estado de ánimo, la llamaban *Meteoropática*. Sin embargo, de lo único que Laura sufría era de añoranza. Soñaba volver a cruzar los tres túneles que separaban a su ciudad natal del litoral. Recordaba con claridad la luz deslumbrante a la salida de aquella última boca de cemento. Cerraba los ojos y sentía con infinito placer su brillo sobre los párpados. El perfume del yodo se colaba por la nariz hasta embriagarla, y se unía a las brasas del mediodía que ardían mordiéndole la piel de los hombros. Esa imagen estaba aferrada a muchos recuerdos: recuerdos de sus padres y hermanos, cuando viajaban todos apilados en una vieja camioneta *Wagoneer* para bajar a la playa y comer unos ricos golfeados, o de cuando se iba con unos amigos de su época universitaria a tomar cervezas en el malecón. Pensar en el clima era parte de la rutina de esta mujer que ya había cumplido sesenta y tres años.

Durante los días de invierno, la condición de Laura empeoraba. Ella hacía todo lo posible por levantar el ánimo, pero cada día extrañaba más aquella patria y todo lo que representaba. Se distraía cocinando. La casa se llenaba de perfumes familiares que la ayudaban a matar la nostalgia y las horas de esos días oscuros y fríos mientras la calefacción encendida ronroneaba en cada habitación. Sin embargo, pocas cosas calentaban su alma. Habían transcurrido tantos años que ya no le quedaba nadie a quien volver, y su tristeza aumentaba a medida que sus cabellos se volvían cada vez más blancos.

Llegó el sábado. La aplicación del tiempo anunciaba que el día estaría tibio y despejado, era una buena señal. Se levantó, y sus primeros pasos fueron hacia la cortina del cuarto. Separó un par de láminas de la persiana y miró hacia afuera para comprobar que la aplicación no se había equivocado.

—¡Este es tu día! —exclamó, sonriendo.

Abrió de prisa las ventanas para empaparse de aquella vertiente de energía, se amarró el cabello haciéndose un pequeño moño blanco justo por arriba de la nuca, se vistió de prisa y alistó todo para salir de su casa con la ilusión de ir al mar. Mientras manejaba su viejo automóvil, vio a través del espejo retrovisor cómo se alejaba de la ciudad y sus ruidos. Se apartaba del enjambre de casas, de la gente y de los semáforos, y sintió que se despedía de aquellos espacios. Le gustó esa sensación. Con las manos aferradas al volante, condujo sobre la carretera. Estaba tan ensimismada que, en varias ocasiones, se salió de la vía por quedarse mirando aquel azul interminable que se desplegaba sobre su cabeza. A medida que se acercaba a la costa, las curvas se fueron haciendo cada vez más frecuentes. Sin embargo, ella sentía una energía desbordante. La vía estaba enmarcada con bosques de secuoyas que se perdían sobre su cabeza y creaban alrededor de la carretera un mosaico de luces y sombras. Cuando el vehículo llegaba a la cima, justo antes de alcanzar una curva muy pronunciada, Laura se distrajo otra vez buscando la costa, allá abajo de la montaña.

Todo sucedió muy rápido. Un golpe abrupto seguido de una intensa sensación de vértigo la empujó hacia la oscuridad de una boca de cemento. Vino un zumbido que ofuscó sus oídos y, después, no escuchó nada. El silencio se prolongó por un tiempo infinito.

De pronto, el viento no entró más por la ventana del carro, pero sintió sobre los párpados aquella luz. Sí, la luz. Vio, pero no con los ojos, y en lugar de tener frente a ella la costa del Pacífico, Laura se encontró en una playa llena de palmeras. El mar era turqués y unos destellos plateados adornaban las olas. Al principio no entendió qué sucedía. No tuvo frío, ni calor, ni la sacudió la cachetada de aire caliente y húmedo sobre su cara, tampoco aspiró aquel olor fuerte a yodo que tenía grabado siempre en la memoria, pero comprendió que era allí donde quería quedarse.

—¡Ya tienes tu sol, Laura! —exclamó para saber también que jamás volvería a sentir la nostalgia de aquella mujer a la que todos llamaban *Meteoropática*.

Autorretrato

#

Diseñadora que juega a ser escritora en los pequeños momentos que encuentra, aunque, cuando no lo hace, a menudo se pregunta quién es. Originaria de las montañas, pero, misteriosamente, siempre acaba en una isla; cuanto más lejos de la realidad, mejor. Amante de su país, aunque la vida la obligó a dejarlo. Por las noches no puede escribir, pero a las 5 de la mañana no puede parar. Sueña con ser una escritora viviendo en una isla diminuta; por ahora, y solo por instantes, le roba tiempo al reloj para convertirlo en palabras.

Septiembre de 2014

La caja de cigarrillos que tenía en el patio se me había acabado debido a la ansiedad por tomar la decisión de volver. Normalmente, la dejaba sobre la mesa rosa de metal mal pintada, junto a una casita de madera. A veces la usaba para alojar perros y así ganarme unos euros. No sumaban para mi sueño de seguir viviendo en Irlanda, pero sí me ayudaban a alargar los días antes de regresar.

Agarré las llaves para salir a la tienda, me puse el suéter y el impermeable. Aunque no parecía que iba a llover, ya había escuchado durante nueve meses a los locales decir "seguro, llueve" con ese tono tan pesimista de los dublineses, así que les empecé a hacer caso.

Metí las manos en los bolsillos y tomé el camino del canal. Recordé cómo dos meses atrás los chicos se lanzaban al pozo, a pesar de la dudosa calidad del agua. Para ellos, eso equivalía al trópico en verano; ellos no tenían el mar Caribe de ventana. Para mí, en cambio, era un lugar que me había visto caminar agarrada de la mano, borracha de regreso a casa, rechazada de trabajos, muerta de angustia por cómo pasaban las noticias en Venezuela, que parecía más una novela que una nación, mientras observaba los objetos perdidos encapsulados en el agua: bicicletas, zapatos e incluso un coche de bebé, mezclados con el gris del cemento y el moho verde característico de la isla esmeralda.

Me adentré en un bucle de recuerdos de los meses anteriores, y las notas de voz que escuchaba durante mis caminatas las podía reproducir tan nítidamente como si las estuviera escuchando de nuevo en mi cabeza.

"Detuvieron a Laura y la están torturando". "Tenemos ocho días sin luz". "Un guardia nacional en moto murió atrapado en los cables de las barricadas que cruzaban las avenidas". "Nadie sale, nadie entra". "Esta vez sí lo vamos a lograr". "En Caracas todo está normal, San Cristóbal no aguanta más". "La dictadura no cayó".

El teléfono vibró. Era mamá, otra vez. Yo esperaba con ansias la llamada de Vlad, un checoslovaco que me había dado trabajo en una panadería limpiando, con lo que escasamente pagaba el alquiler y la comida. Hacía unas semanas que había vuelto a su país y me había prometido que me llamaría.

Yo estiraba cada centavo que podía, pero ya no daba para más.

Volvió a sonar el teléfono.

—Bendición.

—Andrea, ¿qué has pensado? —soltó la pregunta sin fingir que íbamos a hablar de algo más.

—Vlad dijo que volvía pronto. Puedo conseguir otro trabajo, solo necesito tiempo —mentí con la esperanza de que fuera verdad.

—Sabes que esta es tu casa. Las universidades volvieron a abrir. Ya las cosas volvieron a la normalidad después de las protestas.

—Mamá, las cosas no pintan bien. Tal vez aquí tendría futuro.

—¿Te vas a quedar limpiando y del timbo al tambo? Eres muy chama. Si regresas, te prometo que podrás estudiar lo que quieras —dijo mamá al otro lado del teléfono, apostando todo para volver a verme—. El pasaje de regreso es el viernes. Si te quedas sin dinero, luego mandarte el pasaje de emergencia va a costar más.

Estaba asustada y no veía otra salida. Aspiré y dije:

—O.K., me regreso.

Había dejado el país cuando decidí tomarme un año sabático de la facultad de Arquitectura, porque anhelaba estudiar Literatura, como toda una soñadora que no llega a los veinte. Era una profesión con tintes de hambre, que de por sí ya se respiraba bastante en aquel momento. Papá había muerto un año antes, la escasez en Venezuela acechaba. Todo se sentía borroso. Tomar parte del dinero de la herencia y hacer los trámites sin contarle a nadie, para irme a una isla en otro continente, parecía la solución perfecta: un año para estudiar inglés y regresar con la certeza de qué hacer con mi vida. Como si las cosas funcionaran así.

Mientras tanto, yo vivía un sueño de escritor latinoamericano: dormía con frío en una casa sin calefacción, pero con tres euros compraba una cerveza, un pan y escribía en la ciudad de Oscar Wilde. Y aunque sentía la angustia por lo que estaba pasando, no puedo negar que fui feliz.

Di media vuelta y tomé el camino a casa. A cada paso, me fui dando cuenta de que cuando nos despedimos, volvemos a abrir los ojos como la primera vez. Empecé a ver las casas apilarse en bloques de piedra, una al lado de otra, con puertas de colores. Sentí el rocío de la lluvia en las mejillas: empezaba a llover. Inspiré profundamente el olor a humedad, ese que en su momento me fastidió, para dejarlo grabado en mí para siempre.

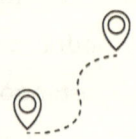

[Wendy Angee]

Autorretrato

Mi corazón es pájaro, aunque mi cuerpo no lo sea; aunque algunos luego se burlen de la mujer que tiene este corazón que de nada le sirve, pero ¿para qué otra cosa lo quiero? Nací con un sueño: la fuga.

Permiso para llorar

"El dinero es lo de menos. De algún lado saldrá. Cuando tengas el permiso de salida, entonces ahí veremos". Los escucho susurrar mientras toman café en la cocina; y aunque tratan de bajar el volumen, las voces alcanzan a traspasar el durlock con el que se construyó la improvisada habitación donde mis hermanas y yo dormimos. Lo único que papá y mamá no cambiaron al vivir en este país, fue la rutina con la que comienzan los días; apenas despiertan, mamá se levanta apresurada y pone a calentar el agua, y cuando ya lo tiene listo, le avisa, "ya está el café", y ahí mismo aparece papá para dar inicio a la asamblea de susurros en la que se cuentan lo que ocurrió en algún sueño o pesadilla, los planes para que el dinero les alcance, uno que otro chisme de la familia que dejamos, y finalizan con el recordatorio infaltable de llamar a los abuelos durante el día. Todo cabe en esos veinte minutos que se dedican antes de ducharse para ir a trabajar.

"Tienes que llevarte a la niña. No se puede quedar sola en casa". Mamá levanta un poco la voz, y mi felicidad por haberme librado del colegio este año, se esfuma al escucharla. Siento un fuerte dolor en el estómago, lo aprieto, intento que se calme; además de las clases, también los viajes a migración tienden a enfermarme. Mamá se apega a los trece años que tengo para decir que son puros pretextos míos, pero papá me defiende: pide que respete mis tiempos y que recuerde que cada uno se adapta de forma diferente.

Echo un vistazo a la cama de mis hermanas que sigue tendida. Aún no regresan del trabajo. Pienso en ellas cubriendo el turno de la noche con sus sueños; cambiando llegar a tiempo a la universidad por llegar a tiempo a trabajar en el casino. "Se está haciendo tarde, me voy a duchar". Mamá levanta la asamblea; papá pide que me aliste rápido porque debemos estar en migración antes de las nueve. Lo noto raro; hoy susurraba menos, y hasta el momento, su sonrisa no aparece. Le prometo que el otro año, sin importar cuál sea el colegio, no me quejaré, pero ni siquiera con esa promesa me da, sino una mueca como respuesta. Mamá presiona mi cachete con sus labios, me pide que, al menos este día, ponga en pausa mi cabeza. Pienso en ella, la miro, y le digo que con ese uniforme de limpieza parece que sigue siendo una enfermera. Ella se ve en el espejo, sonríe, abraza a papá, y sale para el trabajo tan apurada que por poco se lleva por delante al perro.

En esta casa todos han aceptado sin queja en lo que se convirtieron, hasta el perro asumió sus nuevos miedos; allá, no lo asustaba ni un trueno, y acá, en cuanto oye el ruido que hace la vieja lavadora intentando centrifugar la ropa, no hay quien lo encuentre, porque sale espantado a esconderse. Papá me apura, me recuerda que migración no espera a la gente.

Como siempre, el bus que nos lleva está repleto de olores y acentos diferentes; papá elige quedarse de pie para cederme el único asiento libre que queda. Se me cansa el cuello, pero ¿qué tal si su sonrisa aparece y me la pierdo por no estar pendiente? Pienso en él, horas y horas estudiando para que validaran su carrera, y al final, se tuvo que conformar con el puesto de conserje que le dieron. Llegamos; me aprieto el estómago, me duele, porque a pesar de que la última vez que estuvimos aquí nos fue bien, y salimos con identificaciones nuevas, no dejo de pensar en la señora que ese día lloraba y lloraba por no poder impedir la deportación de su hija. "Le han negado el permiso para quedarse a vivir aquí", contestó papá cuando le pregunté qué significaba eso.

Dejo a la señora y a su hija y vuelvo a papá. ¿Por qué no sonríe?, yo misma me fastidio con las preguntas que se clavan en mi cabeza. Se mete una mano al bolsillo de su chaqueta y con la otra me jala para que acelere; promete llevarme a comer algo apenas migración nos atienda. Le creo, y camino tan rápido como puedo. Papá siempre cumple sus promesas. Un día prometió dejar el alcohol, y hace más de diez años que a su cuerpo ni el olor le llega. Otro día prometió que nos traería con él en cuanto pudiera, y aquí estamos: una a una fuimos llegando, primero mis hermanas, y después mi madre y yo. ¡Ah! Y el perro. Ya solo falta que traiga a los abuelos.

Siento frío, papá entiende que este lugar me enferma, me abraza, y hace una mueca sin dejar de mover la pierna. No me atrevo a preguntarle por qué otra vez tuvimos que volver al edificio de inmigración. Pienso otra vez en la señora y su hija y me da miedo. Miro a papá, al papelito del turno que nos tocó, al reloj, y a papá de nuevo mientras pide que espere. Saca la hoja que le puso mamá con cuidado en la carpeta, y entra.

No le toma mucho tiempo. Me hace una seña, se limpia la frente con el pañuelo, y lo guarda de nuevo. Me agarra la mano, siento que la aprieta, pero no me quejo. Se para a hablar por teléfono. Mamá no puede atenderlo. Revisa su billetera. "¿Vamos por una empanadita?" Su voz se quiebra. Intento bromear para que su sonrisa aparezca, pero solo sigo recibiendo muecas.

Pienso en papá mientras me como la empanada en silencio; siempre estoy pensando en la gente, aunque la tenga en frente. Al mediodía estamos de regreso. Me deja en casa con mis hermanas, que recién despiertan. Les cuento que en migración le dijeron algo a papá, pero responden que deje esa mente quieta, que pensar tanto enferma y envejece.

En la noche parece que en la cocina se ha vuelto a levantar una asamblea, las voces me despiertan, pasa durante las noches en las que necesitan tratar alguna cosa urgente. Entreabro la puerta: mamá le pasa la mano por el pelo a papá. "No, no. Es que no lo entiendo. ¿Cómo le puedes negar a un refugiado viajar para enterrar a sus muertos?" "Necesitas llorar. Llora todo lo que puedas. Nadie puede negarte el permiso de llorar".

Me aprieto el estómago, me duele. Mamá me descubre, pero papá se acerca. Me agarra la mano y se la aprieto, aunque no se queja. Me regresa a la cama con un beso. Pienso en el abuelo, aquel día despidiéndose de nosotros en el aeropuerto.

[Nancy Mejías]

Autorretrato

#

Volé por primera vez a los veintiocho días de haber nacido. No lo recuerdo, pero me marcó para siempre. Crecí entre cinco hermanas, varios gatos, dos culturas y dos acentos, dentro del Melting Pot, que en esos años se enaltecía y ahora se aborrece. A pesar del aspecto gigantesco de la Gran Manzana, al doblar la esquina quedaba mi escuela, la panadería, la bodega y la iglesia. Conocía a los vecinos, al carnicero y al cartero. Convivíamos orgullosos de la fusión de nuestras banderas y lo asumimos como un aspecto del sueño americano. Tenía una cobija que me protegía del frío y de mis hermanas. Debajo de ella me imaginaba como miembro de la familia Brady o amiga de Laura Ingalls, de Laverne o de Shirley. Leía con una linterna envuelta en ella. En el verano íbamos de picnic. Me tiraba sobre el pasto, cerraba los ojos y volaba sobre lugares imaginarios. Prefería el básquet a las barbies, aunque quería una, pero mis papás no compraban cosas inútiles y me regalaban zapatos, jeans, y un vestido verde que me obligaban a usar. Hace unos días lo vi en una foto del álbum familiar. Aún lo detesto. También viví en un pueblo con dos iglesias, dos discotecas y un cine. Me sumergí en él y en sus costumbres, después de un par de meses ya hablaba con la "i" cibaeña. Allí aprendí sobre las revoluciones, las intervenciones y de nuestra juventud rebelde. Quería enlistarme en algo, luchar por alguna causa, pero en sí las cosas no estaban tan mal y me uní a un grupo de jóvenes en la iglesia. Me enamoré y me desenamoré varias veces, pero aún creo en el amor. Tuve dos hijos que adoro; no tuve más porque solo tengo dos brazos. Creo en la libertad de mi cuerpo y lo que puede ser. Regresé de nuevo a la gran urbe y después de unos años, a la ciudad del sol, debajo de un calor que congela. Me arrepiento de poco y aprendo del todo. La fotografía me ha salvado varias veces, la literatura más, la religión me condena. Viví con un esposo por mucho tiempo, luego con una hermana. Ahora mis hijos vienen y van. Pasa el tiempo y siento como mi piel se convierte más en cobija. Mi mayor logro ha de ser algo más que eso, entonces abro mis alas y vuelo de nuevo.

La primita

Rosita fue la algarabía de sus padres, los abuelos, los primos y los tíos. Un milagro después de los cuarenta de su mamá. En un principio yo también me uní al festejo, a pesar de que la criatura ocupó mi lugar y se convirtió en la nueva niña mimada de la familia. La más pequeña entre los primos.

Cuando regresó del hospital fuimos a visitarla. Me paraba en puntillas para ver a la primita en el moisés de arandelas. Su cuerpo de gusano estaba envuelto en una sábana estampada con elefantes y jirafas. Sobre ella giraba un móvil al compás de una canción de cuna. Mamá sonreía cuando la cargaba y le pasaba la mano por su pelo rubio.

Cada vez que íbamos a visitar a nuestros tíos, yo quería tener a Rosita entre mis brazos, darle de comer y vestirla con los trajes tejidos de mis muñecas. Sin embargo, cuando ella empezó a dar sus primeros pasos y a balbucear palabras, sentí que la exaltaban demasiado.

No fue hasta que Rosita cumplió los dos y yo los cinco años que empezó a nacer en mí un sentimiento incómodo. Durante la Navidad de ese año, los adultos se reunieron para esperar la reacción de Rosita al abrir sus regalos. Le tomaban fotos, la pasaban de un brazo a otro y las mejores atenciones eran para ella. A mí ni siquiera el tío favorito me hacía caso. Tampoco entendía por qué no le llamaban la atención cada vez que tumbaba o dañaba algo. No paraban de hablar de lo inteligente que era, de lo bien que se portaba, de su pelo "bueno", su piel blanca, sus ojos claros y nariz perfilada. Yo ya tenía libras de más, heredé la piel oscura de papá y por las noches trataba, sin éxito, de alisar los rizos en mi pelo.

Cada vez que sus padres nos visitaban, la Rosita no me perdía el paso. Quería estar siempre junto a mí. Yo quería jugar con los otros primos como lo hacía antes, pero mis padres insistían en que pasara el tiempo con ella. La miraba con desprecio. Aprovechaba que estuviéramos a solas para pellizcarla o hacerla tropezar. Otras veces la empujaba, le hacía muecas, me comía su merienda y escondía la cara queriéndome reír a carcajadas mientras la miraba llorar. "Para que aprendas", le decía entre los dientes. Ella corría donde sus papás, o se quejaba con uno de los adultos, y ellos llegaban haciendo preguntas. Yo insistía en que se había caído, que la merienda la tiró en el piso o simplemente levantaba los hombros y les daba la espalda.

Los tíos empezaron a reclamar y a discutir con mis padres. Me castigaban por mis travesuras. Decían que me tenían consentida, que me llevaran a un sicólogo, que Rosita no se iba a dar un golpe tan grande en la cara. Así, poco a poco, los tíos se distanciaron.

Una mudanza nos alejó aún más. Solo nos reuníamos cuando había una celebración o duelo que lo ameritara. Rosita y yo nos saludábamos, pero no compartíamos mucho. Ella aprendió a defenderse y yo a ignorarla. Sentada en un rincón escuchaba los comentarios sobre cómo su belleza aumentaba cada día más, de las muchas amistades que tenía y cómo gozaba de un carisma natural. A mí ya no me cabía la ropa, era ermitaña y caminaba con torpeza. Miraba a la primita de reojo mientras pensaba en algo que le dañara el día.

Me obligaron a estar en el quinceañero de la Rosita. La fiesta era en un hotel de techos altos con candelabros de cristal. Al llegar los invitados, el maestro de ceremonias hizo el anuncio: sonó un redoble de tambores, unas trompetas y muchos aplausos. A nadie en la familia le habían celebrado un cumpleaños así. Las luces se tornaron tenues y una máquina de humo sumó a la expectativa. Las cortinas se abrieron y sobre el escenario había una carroza de cenicienta. Todos estábamos de pie, muchos grabaron el momento y tomaron fotos con sus celulares. La carroza empezó a girar y apareció la Rosita entre almohadas blancas. Tenía un traje ancho, una diadema de diamantes sobre su pelo largo, rubio y ondulado. Sólo pensaba en lo bueno que hubiera sido tener una tijera para romperle el vestido. Lamenté no haberlo pensado antes, pero me conformé, sin que nadie se diera cuenta, con dañar el bizcocho.

Unos años después, cuando ya estaba en la universidad, llegué a casa y encontré a mamá llorando mientras hablaba por teléfono. Lo sostenía con fuerza.

—Hay que tener fe —le repetía a alguien del otro lado del auricular. Luego me abrazó. Entre lágrimas, me dijo que Rosita no estaba bien, que estaba en cama, la consumía una enfermedad difícil de curar. Yo no lo podía creer.

—¿Cómo va a ser? —pregunté.

Tenía mucho tiempo sin verla y ni siquiera había vuelto a pensar en ella. Sentí un pesar profundo. Pensé en su sufrimiento.

Ese año la familia se reunió muchas veces. Nos turnábamos ayudando a los padres de Rosita, a sus hermanos. Durante los días en el hospital, ahí estábamos de nuevo: rodeados en torno a la niña mimada, a su cama, a su cuerpo gastado en ese cuarto frío, conectada a una telaraña de vías intravenosas.

Los primos, los tíos y sus padres se la pasaban reunidos en la sala de espera. Rezaban y se apoyaban entre sí como lo hacían antes. Sentí, o tal vez tan solo sospeché, que la mamá de Rosita me reclamaba con la mirada.

Antes de que partiera, entré a la habitación de la primita. Estaba sola. Caminé hacia su cama, su piel se volvía cada vez más amarillenta. Le pedí perdón con un beso en la frente. Ella alzó sus dedos, ya eran huesos de poca piel. Los acaricié y los calenté entre mis manos. Luego tomé una sábana gruesa y le envolví el cuerpo. Quedó bien arropada, la acurruqué como lo hacía su mamá, con la sábana ceñida a su cuerpo, apretada, apretadita como un gusano.

[María Alecia Izturriaga]

Autorretrato

#

Mi primer cuento lo escribí cuando tenía seis años. Mi hermana lo ilustró y se lo vendimos a un tío. A los hermanos de mi mamá los llamo por sus nombres, pero a las hermanas de mi papá les digo tías. De pequeñas, mi hermana y yo teníamos nuestro propio lenguaje porque ella a todo le cambiaba el nombre. Después nos enteramos de que tenía problemas de audición. Hasta los siete años, no podía pronunciar la erre. Todos me preguntaban mi apellido y se reían. Mi abuela se escondía conmigo para practicar: erre, con erre cigarro, erre con erre barril, rápido corren los carros por las vías del ferrocarril. Aprendí a manejar motos a los ocho años. He vivido en seis ciudades, tres países y me he mudado más de 25 veces. Actualmente paso mucho tiempo en otra ciudad, aunque todavía no llega a ser la séptima. He visitado más de 20 países. Creo que todo lo que no se puede comprobar, puede ser. Me gusta comprar la lotería, sacar cuentas e imaginarme qué haría con el dinero que tenga el pote. Cuando me da ansiedad, saco cuentas. Puedo pasar horas en la cocina. A veces hasta entro en trance y cocino historias. Prefiero lo salado a lo dulce. Podría comer mucho más de lo que como. Casi toda mi vida he estado a dieta. Me avergüenza despreciar un plato de comida y he terminado probando cosas horribles. Detesto sentarme a comer de espaldas a la puerta. No me gusta escribir viendo la pared. Ordeno los vasos de mi casa todos los días. Lloro con canciones, libros, películas y muchas cosas de la vida real. Me cuesta poner límites, a pesar de años de terapia, lecturas y conferencias de autoayuda. No me interesa decir siempre lo que pienso. Me da pereza discutir con gente demasiado intensa y más si creen que siempre tiene la razón. Me gusta bailar, ir a la playa y pasear en bicicleta. Tres cosas que ya no hago con frecuencia. Soy grosera, pero hay palabras que no me salen ni dichas ni escritas. Puedo pasar meses sin tomar licor, pero me gusta. Me fijo en las manos y los pies de la gente. Quisiera tener pocas cosas. No soy tacaña, pero tampoco me gusta gastar más de lo necesario. Me obsesionan las historias de supervivencia. Creo en la astrología.

Mi closet tiene ropa que parece de al menos tres personas diferentes. Así cambio de estilo según el estado de ánimo. Pienso poco en mi edad, aunque últimamente me atrae la idea de la vejez. No le temo a mi muerte, pero me asusta sufrir una enfermedad larga, complicada, que les amargue la vida a todos y terminen diciendo en mi entierro: bueno, por fin descansó.

Falsa alarma

Hacía muchos años que Carla se había apartado de los ritos de la religión católica que tanto le habían inculcado y que su familia seguía con fervor. Pero esta vez se trataba de los novenarios de su tía Nena. Había planeado unas semanas con ella, ayudarla con la comida, el tratamiento, leerle algo, ponerle música, pero no llegó a tiempo. Desde donde estaba sentada, podía ver a sus tíos, primos, hermanos, sobrinos. Detallaba y clasificaba a cada uno según lo que habían cambiado a través de los años.

Poco antes de que terminara la misa, salió de la iglesia con su primo Francisco que acababa de llegar de Barcelona. Aprovecharon de ponerse al día. Llevaban ocho años sin hablar.

—No me había dado cuenta de lo que extrañaba estar en familia —le dijo Francisco.

—Sobre todo de reírnos con cualquier cosa. Nos divertimos barato, chico.

—Estamos todos locos. Nunca me imaginé que íbamos a terminar regados por el mundo.

En ese instante, se dieron cuenta de que, en el estacionamiento de la iglesia, unos tipos estaban robando los carros de los asistentes. Comenzaron a gritar y lanzarles piedras tratando de espantarlos, pero un par de tiros al aire bastaron para que dejaran de hacerse los héroes.

—Bueno, al menos estamos vivos —dijo Carla.

—Mal de muchos, consuelo de tontos —contestó Francisco, encogiéndose de hombros.

Después de dos semanas de misas, cenas y diligencias en las que iba dejando billetes verdes "pa'l café" o "pa'l refresco", invitó a sus hermanos y primos a un día de playa en Morrocoy. Quería recordar los viejos tiempos y sacarse el gusto amargo que venía acumulado. Sus últimos viajes a Venezuela habían transcurrido entre hospitales, protestas, velorios, horas de tráfico, amigos presos y cada vez menos gente que visitar.

Llegaron a Tucacas temprano listos para disfrutar. Alquilaron un peñero que los llevaría hasta cayo Sombrero, pagaron en efectivo, como es costumbre, intercambiaron número de celular con el lanchero por cualquier imprevisto y acordaron la hora de regreso. Las aguas cristalinas que permiten ver los peces y estrellas de mar, los vendedores de comida, frutas frescas, cocteles y hasta helados en lanchas; la brisa de mar debajo de los cocoteros, los chistes y anécdotas, la hicieron sentir que era posible reconciliarse con su país.

Al atardecer, recogieron todo y se dirigieron al muelle a esperar a que los vinieran a buscar. Pasaron 15 minutos de la hora acordada, nada para alarmarse en Venezuela. A la media hora, los mosquitos la obligaron a llamar al lanchero. Dijo que estaba un poco atrasado, pero que ya iba. Quedaba poca gente en el cayo. Llamó de nuevo, pero esta vez no atendió. A lo mejor está en una zona sin cobertura o no oye por el ruido del motor, pensó. Hora y media después de lo acordado, la rabia y el miedo comenzaron a apoderarse del grupo. A cada lanchero que venía a recoger a alguna familia le preguntaban si conocían al de ellos y si lo habían visto por el camino. Todos partían con la promesa de que lo iban a buscar. Al que le tocó recoger al último grupo que quedaba, le pareció mejor idea pedirle permiso a sus clientes para llevarlos a todos en un solo viaje.

—A esta hora es peligroso quedarse aquí solos.

—¿Será que le pasó algo al muchacho? Porque ni siquiera atiende la llamada —preguntó Carla, cuando se le bajó un poco la rabia.

El señor solo se encogió de hombros y se concentró en llevarlos de regreso a tierra firme.

Ya en el pueblo, se toparon con el lanchero que los había dejado varados. En un bar bebía con otros hombres. Los saludó desde lejos como si fueran amigos.

—Ya me harté de gastarme mis vacaciones y mis ahorros en venir a pasar trabajo. Yo no vuelvo más hasta que extrañe demasiado.

—Ni yo tengo ganas de quedarme —le contestó su hermana mientras se tomaba el último trago de vodka de la botella que habían abierto para despedirse.

***

Han pasado trece años desde esa noche. Un gol de La Vinotinto en la Copa América le hace sentir un latido particular en el corazón, y se pregunta si será nostalgia. Destapa un ron Santa Teresa y se sirve un trago mientras averigua cuánto cuesta un pasaje hasta Valencia y qué trámites tiene que hacer para renovar el pasaporte.

Mientras transcurre el partido, en las redes no paran los mensajes alentadores a La Vinotinto y esperanzadores por las próximas elecciones. Piensa que están demasiado caros los pasajes, además tendría que ir a México a sacar el pasaporte, a menos de que se arriesgue en la lotería de sacarlo en Venezuela.

Canadá va ganando, pero el entusiasmo no cede. Saca cuentas. Salomón Rondón mete el mejor gol de la Copa y empatan el juego. Ve que lo puede cargar en la tarjeta de crédito que acaba de terminar de pagar y viajar a tiempo para las elecciones. No podrá votar, pero sí vivir de primera mano la emoción. Todos dicen que ahora sí salen de eso. Llegan a penales. Se sirve otro trago. En las redes también hablan de lo bien que se pasa en Caracas ahora. Sigue pensando que es una mejoría artificial, una burbuja, pero, al fin y al cabo, solo irá de visita. La Vinotinto erra tres penales y queda fuera de la Copa. La nostalgia se va diluyendo como el hielo en el ron. Falsa alarma, piensa. Todavía no ha llegado el momento de volver.

Anoche algo cambió

Son las 5:30 de la mañana y Julia no ha podido dormir. Ni el baño caliente ni la botellita de vino que compra en el *convenience store* al salir del trabajo, la han ayudado a bajar las revoluciones. Siente una mezcla de rabia, vergüenza y orgullo que no para de rebotarle en el cuerpo. Necesita descansar, aunque sea una hora, antes de comenzar el día y no puede. Piensa que debería existir algo como un *pen drive* donde pudiera descargar todo antes de ir a la cama.

Hace unos días discutió con Marcia, su vecina, que se queja todo el tiempo de que no le alcanza el dinero. «A ninguno nos alcanza», piensa Julia. «Nosotros ya nos gastamos los ahorros que trajimos y hemos tocado fondo varias veces. Al menos ella está sola».

Pero no fue por la quejadera que se molestó, sino porque le ofreció trabajo en su negocio y le dijo que no podía porque si la veían allí durante las noches, no la iban a tomar en serio cuando tuviera que mostrar propiedades. Julia no entiende la lógica de no dejar que unos clientes que todavía no tiene la vean ganando un dinero que necesita ya. Para ella el tema es más práctico: hay que resolver. Ya habrá tiempo para vivir el sueño americano, pero por ahora, trabajo es trabajo. Además, Julia se sentía orgullosa de haber convertido los últimos 3 mil dólares que les quedaban en un negocio pequeño, pero productivo, dentro de una gasolinera en medio de un lugar que apenas comenzaba a desarrollarse.

—¿Cómo te explico? —insistía Marcia—. Si me ven en las noches vendiendo perros calientes, no me van a creer que soy una *realtor* exitosa. Tengo que hacerles ver que me va muy bien para que confíen en mí.

Estaba a punto de aceptar el argumento de por qué su amiga prefería seguir pidiéndole plata que aceptar el trabajo, cuando ésta le dijo:

—Además, suponte que al día siguiente tengo que mostrar una propiedad, ¿cómo me saco la hedentina del pelo? No está fácil, *'mana*. Tú, aunque te bañes, siempre tienes un olorcito como a cebolla y mostaza. Hasta tu casa y tu carro están impregnados. Y ni hablar de tus manos.

Desde ese día no le habla. Después de todas las ocasiones en que la invitó a comer y de las veces que la llevó a hacer diligencias porque no tenía ni para la gasolina, sentía que le había dado una puñalada trapera.

Más que la opinión de Marcia, le dolió darse cuenta de que, en el fondo, a ella también le importaba, solo que no podía darse el lujo de esperar el trabajo ideal. Tiene dos hijos que mantener y el negocio les da para comer y pagar los *billes*. Sin embargo, a veces, cuando se encuentra a algún amigo que está de vacaciones o cuando quiere ir al teatro, cuando quiere ir a la peluquería o simplemente quedarse con sus hijos y dormir temprano, ese olor penetrante le ubica en su realidad y le recuerda que todavía no. Lo que más rabia le dio fue reconocer que a veces se hace la loca cuando ve llegar a alguien a quien no tiene ganas de contarle qué hace allí.

Pero anoche, en plena hora del *rush*, salió del huequito donde cocinan a hacer *refill* de salsas cuando vio a alguien que le pareció conocido caminando por el pasillo, y se escondió detrás de un anaquel.

«¿Qué hace Manolo Casas en una gasolinera en Doral?», se preguntó.

A Manolo lo conoció en Caracas cuando ella trabajaba en un canal de televisión. Por lo general la invitaban a las ruedas de prensa y se encargaban de producir los especiales. La última vez que se vieron fue unos meses antes de venirse a Miami. Habían intentado, sin éxito, aprovechar el paso de Manolo por la ciudad para grabar un *spot* sobre los derechos de la niñez. Los horarios de ensayo y compromisos de él se extendieron y ya se había dado por vencida, cuando recibió una llamada de su asistente. El cantante había decidido quedarse un día más a descansar antes de viajar a su próxima parada. En media hora tenía listo a un equipo básico y se fueron al hotel, donde pasaron casi todo el día trabajando relajados, como si fueran amigos de siempre.

Al verlo esta vez, su primer impulso fue salir del puesto. Recordó las palabras de Marcia y le dio vergüenza que la viera sudada, llena de salsas y aceite. También se preguntó si la reconocería con esa facha. Estaba paralizada pensando qué hacer cuando él la vio. Entonces respiró profundo, se armó de valor y lo saludó. Manolo le respondió el saludo con timidez, tratando de ubicar de dónde la conocía o si era simplemente una fan.

—Soy Julia ¿te acuerdas?

—Sí, me acuerdo, guapa. Es que no sabía que estábais en Miami. Estáis diferente, más delgada.

En cualquier otro momento lo hubiese tomado como un halago, pero sabía que lo decía para disimular que no la había reconocido. Además, la delgadez no era otra cosa que hambre.

—¿Qué haces por aquí?

—Estoy pasando unos días de incógnito en casa de una amiga.

—Por lo visto te gusta esconderte. Pero no sé si vas a tener mucho éxito porque estás en *Doralzuela* y ya sabes lo conocido que eres en mi país. Por ejemplo —le dijo señalándose a sí misma.

—Cierto —le contestó riéndose. ¿Y tú en qué andáis?

—Monté este negocio hace poco.

—¡Anda! Si hemos intentado comer aquí y siempre está lleno.

—Cuando quieras, toca la puerta blanca de atrás y te atendemos sin demora.

De repente, entró una mujer alta y bronceada con la melena al aire. Le tomó dos segundos reconocerla: era la modelo del afiche de cervezas que colgaba a pocos pasos de ellos. Desde la puerta le hizo una seña a Manolo, que se apuró a buscar las bolsas de *chips* que había ido a comprar.

Amanece y Julia, aún sin dormir, se asoma por la ventana a contemplar la mañana. Se viste con calma, se peina, se maquilla. Recuerda la noche anterior y sonríe. La espera un día como cualquier otro, de nuevo a la rutina, pero hoy el aire huele diferente.

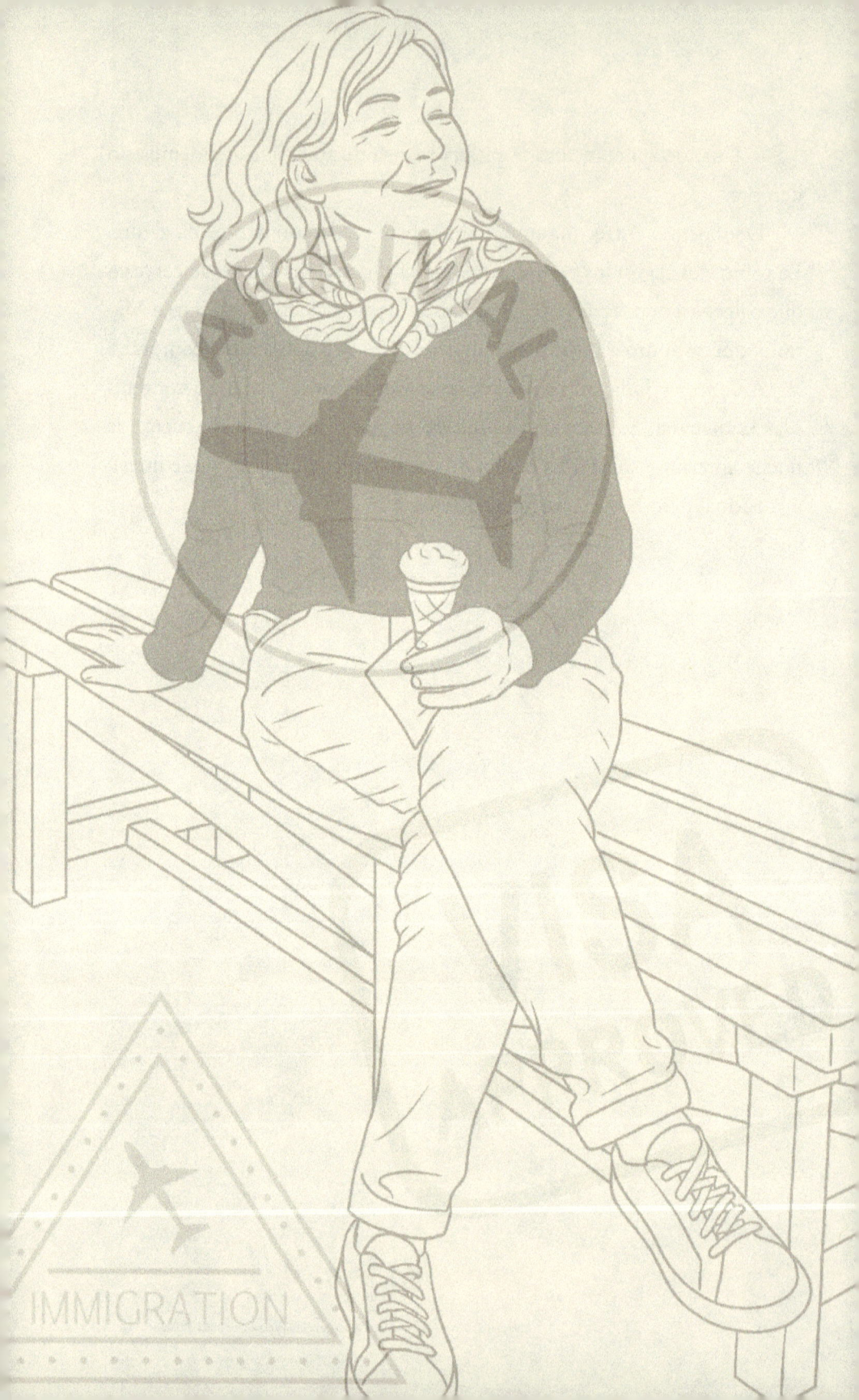

[Emilia Anguita]

Autorretrato

Soy una vida en muchas vidas. Soy guagua recién nacida frente al Mapocho, hermana en la Avenida Bulnes, niña con perro en Alonso de Camargo. Alumna de kínder en Pedro de Valdivia, trepadora de rocas en Maitencillo, exploradora de bosques cerca de Osorno y veraneante en Costa Brava. Quinceañera los sábados en Providencia, vendedora ambulante en la calle Ahumada. Universitaria que cruza el puente de Pedro de Valdivia, aprendiz de diseño en la calle Dieciocho, escultora en El Comendador y estudiante enamorada en el Campus Oriente. Novia en el cuarto piso de Renato Sánchez, pasajera de avión con rumbo norte, recién casada en Nueva York, esposa joven en El Llanito. Madre primeriza mirando al Ávila, de nuevo madre frente al Guaire y por tercera vez en Los Naranjos. Directora de cine en los Flores de Catia, y de telenovelas en Quinta Crespo. Editora en Lomas de la Lagunita y pasajera de nuevo, aterrizando en Miami. Inmigrante confundida en una casa de Alhambra, estudiante de postgrado en Coral Gables, y también cineasta. Productora de festivales en Calle Ocho; escritora de cierta edad en Kendall, abuela en Los Ángeles, Little Gables y Key Biscayne, y amiga de un árbol con flores amarillas.

Cayo Hueso

Por fin llega la reunión que espero todo el año: el encuentro de escritoras del sur de la Florida, una semana de charlas, caminatas y comida vegetariana. Preparo un bolso pequeño, zapatos cómodos y ropa holgada. Ya llené el tanque de gasolina para esa carretera tan larga y sin auxilios. Saliendo a media tarde, en cuatro horas debo estar allá. Prefiero irme temprano, las luces nocturnas me encandilan. Napoleón me mira desde su cojín. Sabe que en cualquier momento lo tomaré en brazos para dejarlo donde la vecina.

Acomodo el retrovisor, suelto el freno y me pongo en marcha. Busco en la radio canciones viejas y canto; a esta edad, el romance es cosa de la memoria. Me ilusiona, en cambio, que el retiro me ayude a encontrar tema para la novela de misterio que quiero escribir. Ha sido un año difícil y nada me viene a la mente.

Queda atrás la zona urbana y tomo la salida hacia el sur, comenzando la recta interminable que conecta el continente con Cayo Hueso, pasando por una infinidad de islas. Un caserío de vez en cuando, uno que otro local que ofrece carnada para la pesca, y el resto son pantanos. Manglares y paciencia.

A mitad de camino, se pierde la señal. El cielo se opaca y una llovizna odiosa salpica los vidrios. El asfalto se pone resbaladizo. Me inclino hacia adelante y redoblo el cuidado. Voy bien, llegaré a tiempo para el brindis de bienvenida.

El puente de las Siete Millas me introduce en un universo aéreo, dramático y gris, con brochazos de violeta y coral. Al otro lado se suceden zonas rurales, islas diminutas y nuevos puentes. La carretera se angosta y la lluvia recrudece. Hay un tramo en construcción. Barreras anaranjadas limitan el paso, dejando una sola vía para el tráfico en ambos sentidos. Hay que avanzar por turnos. Los vehículos comienzan a amontonarse hasta quedar todos inmóviles. Algunos conductores se bajan y gesticulan; uno se pone la mano en la cabeza, otro, que lleva paraguas, pasa cerca de mí. Bajo la ventana y lo llamo. Parece que un camión de gravilla se salió de la berma y se fue de lado, bloqueando el paso.

Esperar, ¿qué más queda? En la radio sólo hay interferencia, el teléfono no tiene señal. La lluvia arrecia. Las luces de emergencia parpadean detrás de los gruesos goterones que rebotan en el vidrio.

Debo haberme dormido, ya es noche cerrada. El suelo está mojado, pero ya no llueve. Hombres con chaquetas amarillas y faroles de mano me hacen señas: que dé la vuelta en U. La vía de regreso se ha abierto, todos debemos retroceder. Obedezco y me encuentro manejando en sentido inverso. Un calor extraño me inunda: es rabia, rebeldía. ¿Volver a la ciudad? ¡No! Con lo que me ha costado llegar hasta aquí. Algún lugar tendrá que haber para pasar la noche. Me niego a volver al departamento oscuro, a dejar las llaves en el mueble de la entrada, a sacarme los zapatos y tirarme a ver tele en el sillón.

Chispas de agua cruzan el cielo. Miro hacia los lados: algo debe haber para alojarse por aquí. Los limpiaparabrisas salpican: ¡no, no!, como para decirme que es mala idea, que es más prudente regresar, pero mi corazón se agita ante el riesgo y la aventura. Frente a mí, una camioneta roja y oxidada dobla hacia la derecha y se mete por un sendero apenas visible entre los matorrales. Bajo la velocidad. Una tabla clavada en un poste dice: *Hotel*. Una flecha apunta hacia la penumbra.

En un impulso, giro el volante y me meto por el sendero. La camioneta roja ya no se ve. Es un camino angosto sin pavimento bajo un túnel oscuro, que supongo vegetal. Las ruedas chapotean en los surcos, salpicando barro. El sendero se retuerce y sigue, al débil fulgor de los faros delanteros ¿Dónde me he venido a meter? Busco atenta un trecho más ancho para dar la vuelta, para devolverme, humillada, aplastado mi afán, frustrados mis planes otra vez. Guardar el auto, llorar de rabia, empujar la puerta, saludar al silencio.

Pero allá se ve luz. El pulso bombea en mis oídos, el vértigo presiona la boca del estómago. Es miedo, es vida. Curiosidad ávida, rebeldía, excitación. Avanzo un poco más. ¿Y si un asesino serial cuelga el letrero de *Hotel* en noches de tormenta? ¿Si oculta los cadáveres en estas soledades? Dicen que los cocodrilos consumen un cuerpo en pocas horas. O lo arrastran a los manglares. ¿Quién notaría mi ausencia? Nadie, por una semana, hasta cuando falte para recoger a Napoleón. En ese lapso no queda ni un hueso.

Avanzo a la vuelta de la rueda, las luces bajas. La gravilla cruje. A la izquierda hay un tosco portón hecho de troncos, y detrás, un patio con un farol y un corredor con sillas de madera estilo sureño.

¿Será aquí? Algo se oye. Bajo la ventana y la llovizna me salpica. Apago el motor y escucho: ¡una canción! *Dream a Little Dream of Me*. Me paso las manos por la cara, la brisa es refrescante, descanso la cabeza hacia atrás y cierro los ojos. Respiro hondo y me acuno en mi propio abrazo.

Golpes en el parabrisas. Me enderezo. La luz de una linterna me encandila. La esgrime un hombre barbudo con pelo largo y gorra de cuero. Me sorprendo a mí misma preguntando:

—¿Tiene vacantes?

El hombre arrastra el pesado portón, luego apunta la linterna hacia el suelo para mostrarme el camino. Entro con el auto y lo estaciono frente a la cabaña. Él cierra el portón con cadena y candado.

Adentro, se quita la gorra y me ofrece un café. Tiene los ojos hundidos, recelosos, y la frente llena de arrugas. Lleva una chaqueta de motociclista muy gastada y el pelo revuelto. Pone agua a hervir y saca una taza, que pone sobre el mostrador. Al costado hay una enorme pecera que ocupa del techo al piso. Es un muro de agua con peces extraños, algunos de gran tamaño. El resto de la estancia tiene sillones desvencijados, repuestos mecánicos, redes de pesca, boyas. En un arrimo, el tocadiscos con discos de vinilo. Un pez grande se acerca al vidrio, parece un tiburón. Un escalofrío me recorre la espalda.

El hombre vierte café en la taza y empuja hacia mi el libro de registro. Mientras anoto mis datos, descuelga algo de la pared y sale por la puerta del frente. Un chirrido metálico me eriza. Apuro el café y lo sigo al corredor. Con un pie apoyado en uno de los asientos, pasa la piedra de amolar por el filo de un machete: ras, ras. El metal lanza chispas en cada pasada. Aguanto la respiración. Miro hacia el auto, luego al portón cerrado.

Al finalizar, baja la escalerilla y sigue por el costado del patio hacia la parte trasera de la propiedad. Piso con cuidado, mis zapatos se hunden en el barro. Avanzamos por una trocha angosta y tortuosa entre altos matorrales. Pocos pasos frente a mi, la espalda robusta, las pantorrillas firmes, el borde del pantalón metido en las botas de goma.

De pronto y sin aviso, el hombre alza el machete con el rostro crispado. Lanzo un grito y retrocedo; él me ignora. Con giros enérgicos corta troncos y ramas, despejando el paso. Al fondo, la entrada de otra cabaña.

La llave gira, dando paso a una habitación con catre de madera y girasoles desteñidos en un jarrón. La mesa de noche tiene una pantalla rojiza y el colchón es sorprendentemente mullido.

El ruido de una trituradora eléctrica me sobresalta. Me siento en la cama y escucho alerta, hasta que llega el aroma a café recién colado. Me recuesto de nuevo. Rayos de sol entran por la ventana. Un ave trina muy cerca; más allá canta un gallo. Me estiro, descansada. ¿Qué hora será?

La lluvia ha dejado el cielo limpio. Camino entre los árboles. El patio trasero conduce a un lago rodeado de pinos silvestres. Un bote de remos descansa en la orilla. Es el escenario perfecto. Retomo el camino hacia Cayo Hueso, ya libre de escollos, y en mi mente se arma la trama: los peces del acuario devoran el cadáver, cortado en trocitos con el machete.

Voy a pasar de nuevo por ese hotel al regresar.

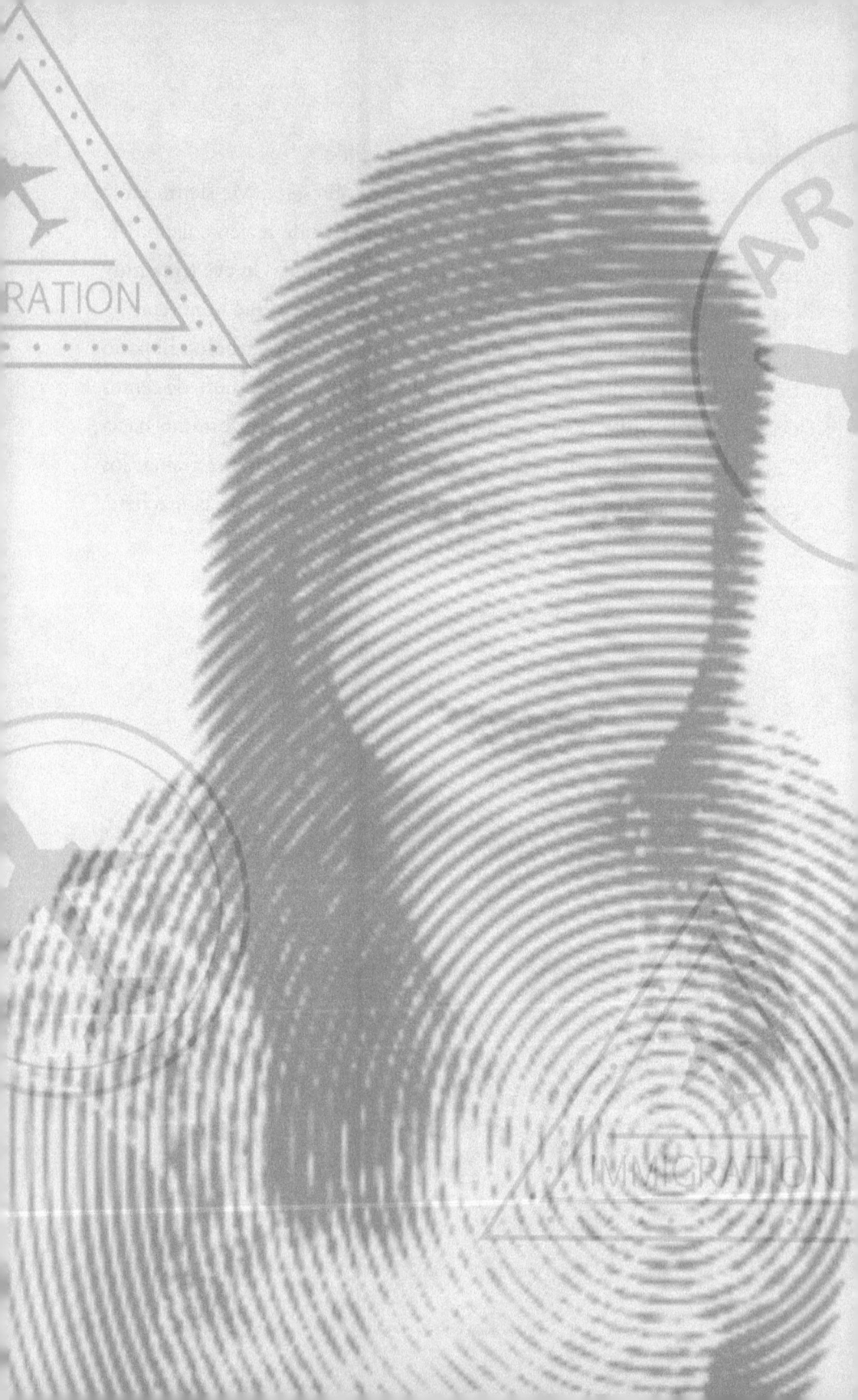

[Dalila López]

Autorretrato

# # #

Asistí a un funeral a los 6 años y entendí que la muerte es: "solo un cuerpo sin vida". Veo la vida como una película que tiene que ser actuada magistralmente, con lágrimas y risas cuando así lo amerita la escena. Trato de entender por qué los asesinos matan y he llegado a la conclusión de que les divierte. Tengo una compulsión a investigar todo, debería trabajar en el FBI. No comprendo a los antipáticos, los crueles, los que etiquetan, los que piensan que saben más que los demás, los que critican, los que hablan a tus espaldas. Vivo en un mundo donde eso no existe, lo que significa que vivo rodeada de pocos seres humanos. Soy bajita, tengo cabello negro, ojos marrones, tez bronceada y labios semi-gruesos. Estoy conforme así como soy, no quiero ser nadie más. No juzgo a nadie, pero me gustaría ser juez porque admiro la sabiduría de los jueces para decidir lo justo. Me pregunto si todos los periodistas son chismosos. El conflicto para mí es inexistente, no hace falta, es una pérdida de tiempo y energía y es opuesto a la felicidad. No tengo inconformidad con nada, solo con lo cruel que es la vida, me parece que se pasa de la raya. Si algo mantengo es ser fiel a mis sentimientos y a lo que naturalmente soy. Me pregunto si podría sobrevivir a una guerra y concluyo que sí, pero cuando me planteo que solo haya ratones para comer hasta allí llega mi valentía. Nunca espero nada a cambio. No me gusta que me adulen o sobresalir, me gusta más ver sobresalir a los demás. Me gustan las cotufas, las considero una tremenda cena. No me doy cuenta cuando me quieren hacer daño, cuando al fin lo noto, ha pasado mucho tiempo y ya no importa. Se me ocurren nuevas ideas que siempre alguien termina sacando, por ejemplo siempre pensé que la Coca-Cola debía lanzar un tamaño más pequeño de envase justo para seis sorbos y lo sacó, pero todavía sigue siendo grande, sigo esperando por uno más pequeño. Me encantan los dichos, resumen siglos de sabiduría: "Música paga no suena". "No me vengas con ese cuento chino". "El que nace barrigón ni que lo fajen chiquito". Me encantan los juegos de mesa, pero nunca juego. Me imagino estar dentro de las personas para sentir lo que viven y contar sus historias.

Lo inimaginable

Uno tiene la creencia de que al emigrar a Estados Unidos todo va a ser maravilloso: en este país las cosas funcionan como debe ser, nada se deja al azar, hay leyes, orden, mucha seguridad y control, policías por todas partes, patrullas de carreteras vigilando las autopistas y todo el mundo tiene que cumplir la ley… Al menos eso creía, pero nada de esto vale cuando alguien decide hacer lo inimaginable.

Llegué a Miami un 17 de septiembre de 1994, día de mi cumpleaños. Así lo elegí para celebrarlo en dos países distintos, con mi hijo de 10 años y mi esposo con una oferta de trabajo, buscando la calidad de vida que no tenía en Venezuela, mi país de origen.

Mi lugar ideal para vivir siempre fue uno que fuese internacional, y Miami, sin proponérmelo, cumplía esa condición. La ciudad es un *melting pot*, un crisol de culturas donde conviven personas de todo el mundo que comparten costumbres, idiomas, comida, música y arte, y crean nuevas comunidades.

Amo a este país y a su gente. Vivo entre patos que cruzan las calles con sus crías, garzas que vuelan al lado de tu carro y alguna que otra decide aterrizar en el techo y tomar un paseo, familias de gansos que andan siempre todos unidos, gaviotas que revolotean en el estacionamiento de un *Publix*, tortugas que cruzan de un lago a otro, obligándote a detener tu carro para no pisarlas.

Con tesón y trabajo prosperamos. Nació mi hija Liza, un 16 de julio de 1997, americana y hermosa, que vino a completar nuestra felicidad. Me convertí en ciudadana americana y, cuando estábamos en la cúspide, logrando todo lo que nos habíamos propuesto, la vida nos dejó caer.

Era de noche cuando el conductor de un camión remolque cargado de barreras de cemento sin asegurar decidió salir por donde no debía, de la zona en construcción de vías rápidas ubicada en el centro de la autopista. El camión quedó atravesado, creando una muralla de hierro que bloqueaba el paso. Esto ocasionó que, en cuestión de segundos, los carros que circulaban por la autopista se estrellaran contra el muro. Fallecieron dos jóvenes. Uno era un estudiante de medicina. La otra era Liza, mi hija, que recién se graduaba de high school. Ambos soñaban con un futuro.

El destino nunca espera. Nos puede alcanzar en cualquier lugar del mundo, aun en nuestro idealizado Estados Unidos. Las personas fallan y todo lo bueno y todo lo malo puede pasar, y el país no es inmune a lo impredecible que es la vida.

No odio al país por lo que sucedió: me ha dado todo lo que nunca jamás hubiese soñado realizar en mi país. Aquí también nació mi hija, orgullosamente americana, y la tuvimos por 17 años.

Vivir en Estados Unidos no es un pase rosado para una vida perfecta, pero este país me dio el único consuelo que puedes tener en una situación como esta: "Justicia".

Después de todo, aquel 17 de septiembre no me equivoqué.

[Norman Gimenez]

Autorretrato

#

Hay un antes y un después, y esa línea la marcan los cuarenta. Soy un monoteísta sin religión. Me inclino hacia el
bien, pero si me atacan puedo ser el peor. En una ocasión
no dudé en golpear a un hombre en el piso hasta dejarlo
inconsciente. Me han sacado una navaja para robarme dos
veces y me resistí; me han sacado un arma para robarme
dos veces y no me resistí. Me inquietan los cuchillos en manos de desconocidos. El peor error de mi vida fue meterme
con la esposa de un amigo. Ahora pienso que la amistad
es un bien espiritual. Una mujer con la que estuve casado
me metió preso ocho meses y medio por algo que no hice.
No le deseo a nadie estar ante un juez. Nunca maltraté a
una mujer; sí he maltratado a varios hombres. Evito in-
volucrarme sentimentalmente. No cargo a los demás con
mis traumas del pasado. Tuve muchas aventuras y pocas

relaciones. Me enamoré pocas veces. Soy la persona que más amo. Siempre dudé en tener hijos, pero no hablo de ese tema con desconocidos. Soy heterosexual, o macho, a secas. Me parece un atraso de la especie humana que algunos piensen que ser macho es lo mismo que ser machista. Me importa un carajo lo que la gente piense de mí. Prefiero el presente. Tomar mate me ayuda a enfocar. Me alejo de cualquier situación que genere algún tipo de competencia. Amo la cordillera. Tardé demasiados años en saber que el perdón es, ante todo, amor propio. Soy demasiado cobarde para suicidarme. Mi última depresión duró dos años. Me tomó demasiado tiempo fortalecer mi autoestima. Existe gente que me ama. Quizás el orgullo sea mi mayor defecto. Me llevaría un perro a una isla desierta. Amo estar conmigo mismo. He matado palomas, gorriones, lagartijas, serpientes, insectos, ratas y peces. Escucho música todos los días. Domino varios oficios y me gusta arreglar y construir cosas. Soy bueno usando las manos, aunque prefiero usar la cabeza. Soy muy malo con los idiomas. Hablé con un tipo que abusó de su hijastra de doce años, hablé con asesinos, con militares que tuvieron que matar en la guerra. Tuve un vecino llamado Simón que dejó embarazadas a sus dos hijas. Vi cómo atropellaban a una anciana. Mi padre murió en mis brazos. He visto a madres y padres que desprecian a sus hijos, pero he sido testigo del amor en mayor medida. Fui un hijo despreciado, y no hablo de eso con nadie. Hay cosas que no me atrevo a escribir. Intuyo que llegaré a anciano con mis tendencias suicidas. Creo que tengo buen sentido del humor y, a veces, soy un hombre feliz.

Fragmento del *Diario de Metrowest* (2019-2020), que forma parte de la novela inédita *Ciudad Santuario*

24 de diciembre

No me dan ganas de escribir en este lugar. He estado acostado toda la tarde, desde la una, que llegué de la Corte. Ahora, después de estar un rato pensando en el asunto, me senté en la cama y me puse a escribir un diario. Son las 11:45 de la noche. He estado pensando en comida, en asados y restaurantes, pero principalmente en escribir. Hago la letra pequeña porque el papel es escaso. Ahora uso el comprobante de mi *kit* de indigente que me dan los miércoles.

Esta mañana me despertaron a las cuatro, pero en realidad la oficial Stephens no me despertó, porque no dormí en toda la noche. A las cinco había que estar listo para salir a la Corte. Me quedé quince minutos en la cama viendo cómo se preparaban Pedro y El Niño. Pedro se levantó muy optimista, caminaba rápido, se bañó rápido, juntó sus cosas, sacó la comida que tenía e improvisó un desayuno que nos ofreció a El Niño y a mí. Tenía leche, un par de panqueques, dulce y una manzana. Comí un panqueque con dulce cuando me levanté. Pedro decía que tenía una buena corazonada, que, si el juez le hacía hoy alguna oferta, la iba a aceptar.

Se hicieron las cinco y la oficial nos hizo formar en fila en la puerta, avisó que abrieran y nos requisó por si llevábamos algo escondido en la ropa. Nos dijo que, si teníamos suéter, lo usáramos porque afuera hacía frío. Ninguno de los tres tenía uno. Nos formaron en el pasillo y salimos para subir al bus. Éramos solo cinco en el pasillo y bajamos. Abajo me esposaron con un moreno gordo más alto que yo. Tenía la cabeza rapada en los costados y un quincho rizado en la coronilla. Subimos al bus y conté 28 personas. Estábamos en invierno y en la noche se pone frío. El bus parecía una heladera y los asientos estaban congelados. Los que no tienen suéter meten el brazo libre dentro de la camisa y se agachan sobre las piernas. A mí no me gusta que se me enfríe la espalda, así que prefiero apoyarla en el asiento hasta que se me calienta.

Me acaban de decir "Feliz Navidad" y están llamando para comer.

El menú de Navidad fue una leche, una naranja, una porción de avena y una feta de algo parecido a la mortadela sobre una pasta amarilla similar a unos huevos revueltos. Me volví a acostar y estuve hablando con Gustavo. Me dijo que había hablado con su familia, que está reunida, y que lloró como un niño. Siempre me dice que yo voy a salir antes que él y que, cuando salga, me va a invitar a la fiesta que le va a hacer su familia. Edmond nos dijo "Feliz Navidad" y nos regaló unos caramelos. Estuvimos hablando hasta que apagaron las luces, pero no hay oscuridad: se puede leer o escribir, algunas luces nunca se apagan. Son las dos y ya no habla nadie. Pasó a mi lado la oficial Stephens y le dije "Feliz Navidad".

Vuelvo a lo de esta mañana. Se me estaba calentando la espalda sobre el asiento y el bus comenzó a moverse. Adelante, uno comentó que, como es Navidad, los jueces son más indulgentes y a veces perdonan algunos cargos. Se ve que eso conmovió a mi compañero de esposas, porque se agachó sobre sus piernas y sollozaba, y cuando llegamos al *county* vi en sus ojos que había estado llorando. Yo estaba bastante tranquilo; en el camino venía rezando, y desde que he vuelto a hablar con Dios se me han ido los temores, siento confianza, optimismo. Iba pensando en que era el día decisivo, que el juez al fin me diría algo definitivo, pero no fue así. No voy a ponerle suspenso al asunto: solo vino una oficial, cuando estuve esperando en la celda para entrar a la Corte, y me dijo que aún no había una decisión y que tenía que volver a la Corte el 30 de diciembre. Fue tranquilizador que me dieran esa información, porque el día anterior me habían mandado de vuelta sin decirme nada.

A Pedro lo dejaron en libertad. El Niño estuvo con él en la Corte y me dijo que le quitaron los cargos y lo habían dejado en libertad, y que a él le habían quitado algunos cargos. Cuando estuvimos en la celda del pasillo, Pedro me contó que cruzó por la frontera, por Arizona, y que fue un viaje de quince días. Lo recogió un coyote en México, en una camioneta, a él y a veinte más. Entre ellos había tres hondureños que la policía mexicana detuvo en un control. Los demás siguieron y cruzaron, y en una parte tuvieron que seguir a pie cinco días. En esos cinco días se encontró una tortuga, que cargó con él hasta que se le hizo muy pesada y la dejó. El coyote los hizo correr en una parte y se atropelló un alambrado y cayó sobre un cactus que le dejó como veinte espinas clavadas en una pierna. Me decía que, cuando pudo detenerse para sacarse las espinas, se le levantaba la piel cuando las jalaba y era muy doloroso. Uno se desmayó en el camino y le dio una pieza de pollo que tenía en el bolsillo. Comía cactus y lo que encontraba. En el último tramo los recogieron otros coyotes en dos camionetas, donde iban apilados como sardinas, y tenían que ir con los ojos cerrados en la noche o mirando para abajo, porque el coyote les dijo que los aviones gringos que pasaban arriba detectaban el brillo de los ojos. Su camioneta llegó, pero a la que iba atrás la capturaron.

Hay muchas historias como esa que me han contado. Recuerdo que, trabajando con Edgar, un locero guatemalteco que se la pasaba escuchando a Arjona, me contó que la primera vez que intentó cruzar lo habían agarrado porque un viejo que venía con ellos se desmayó, y el coyote lo dejó ahí tirado, pero Edgar no lo pudo dejar porque sabía que se iba a morir, y aunque hacía tres días que venían caminando, él lo levantó y se volvió con el viejo, y los agarraron y los deportaron, pero el viejo no murió.

No sé qué hora es, desde acá no puedo ver el reloj. Calculo que las tres y media. Veo a Jimmy leyendo un libro, sentado en la cama y con la sábana en la cabeza, como un turbante, para el frío. Pero no hace frío, la oficial Stephens ha dejado el aire en una temperatura ideal. Generalmente lo ponen frío en la mañana, antes de las siete, cuando es el cambio de turno. El viejo *Cherokee* viene del baño con el papel higiénico en la mano. Los demás duermen. Yo voy a hacer lo mismo.

25 de diciembre

El menú de esta tarde fue puré de papas con otra pasta marrón que, a los que pregunté, no me supieron decir qué era, dos pedazos en rodajas de pavo, frijoles verdes o arvejas y una manzana. Ahora son las 11:40. Se fue el oficial Dean con su gorrito rojo de Navidad y llegó la oficial Jackson sin gorro. Espero ansioso el desayuno que sirven a la una. Ah, me olvidaba: en el menú de esta tarde también venía el paquetito con cuatro galletas dobles con crema en el medio. El ambiente ha estado bastante tranquilo. Acá hay varios raperos y se turnaban para rapear. Edmond dirigía el turno de cada uno y luego se votaba. Edmond leyó uno de sus poemas y tuvieron que cortar todo, porque a las diez y media se cierra el piso para hacer la limpieza antes del cambio de turno del oficial. Aún no llega la comisaría y el oficial Dean dijo que quizás llegue mañana. Ya me quiero ir de acá, eso es algo que pienso todos los días, y aunque trato de ser paciente y estar tranquilo, tengo mis altibajos, pero son más altos que bajos; quiero decir, que la mayor parte del tiempo estoy tranquilo y veo el futuro con seguridad. Hay gente que acá la pasa bien. Juegan a las cartas o al ajedrez, ven televisión, los partidos de básquet o de fútbol americano, alguna película o alguna serie. La serie que ven todos los días se llama *The Game*. Yo me aburro casi todo el tiempo y me quedo en la cama pensando. A veces veo televisión o juego al ajedrez, pero la mayor parte del tiempo me quedo conmigo mismo, estudiando inglés, a veces, o leyendo. El tema es que no hay mucho para leer aparte de la Biblia, así que me pongo a leer la Biblia.

Recuerdo una parte del diario de Gombrowicz que decía: "Ahora me voy, querido diario, pero no temas, porque tu amo se va ahora, pero volverá". No son las palabras exactas, porque lo saco de la memoria, pero era algo así. Y también siempre pienso en los dos libros de Gombrowicz que me prestó Vera. Espero poder devolvérselos. La Biblia dice que la duda es del diablo, por eso hay que practicar la fe, que es la ausencia absoluta de la duda. La voy a poner en práctica desde ahora: le voy a devolver esos libros personalmente muy pronto. Mañana voy a conseguir su número telefónico para llamarle.

26 de diciembre

Hoy trajeron la comisaría: es la mercadería que compran los presos. No voy a dar más explicaciones de eso porque pienso escribir una novela de toda esta experiencia y voy a agregar este diario al final; así que, querido lector, todo eso ya lo habré escrito y explicado para cuando llegues a este punto de tu lectura, y espero no sientas que estás perdiendo tu tiempo.

Bueno, llegó la comisaría y Gustavo me regaló un desodorante y una botellita de Pepsi (que luego se usa para tener agua en la cama), unos chetos y caramelos. Shane me regaló dos sopas, cosa que me sorprendió, y Alejo una. Yo recibí mi kit de indigente y le di las hojas y el sobre a Edmond junto con las tres sopas. Un viejo que llegó esta mañana recibió una bolsa grande que al rato tuvo que regalar porque lo trasladaron a prisión (no supe cuál prisión), y parece que no le dejaron llevar la mercadería. Se le juntaron como diez buitres al lado de la cama mientras iba sacando la mercadería de una bolsa plástica. Gustavo fue a pedirle las baterías para la radio, pero se las dio a otro que las probó y no tenían carga. Gustavo ha estado bastante preocupado últimamente; tiene miedo de que le den más tiempo por sus cargos. Por ahora tiene que esperar el día de corte, que es el 9 de enero. Para colmo, a su familia se le ocurrió darle la mala noticia de la muerte de un amigo de él en un accidente de tránsito.

Esta tarde tuve un incidente con un morenito que tiene como 20 años, el pelo corto y una boca grande con labios gruesos. Llama mucho la atención porque se ríe todo el tiempo. Dicen que está por intento de asesinato. Se dio cuenta de que tapé el parlante del televisor y se trepó en mi cucheta para destaparlo, y yo, que estaba ahí acostado y hablando con Gustavo y con Edmond, le grité: "¡Hey!", y me senté en la cama. Él se bajó de inmediato y se quedó mirándome con cara de malo. Yo, sentado en la cama, lo miraba con cara de malo también, y como no dejaba de mirarme comencé a sacarme la manta de los pies y le dije: "What?". Me dio vuelta la mirada y otro detrás lo empujó y se lo llevó. Al rato escuché que Edmond le estaba explicando que, si quita eso, en la mañana no podemos dormir porque estamos justo debajo del televisor y el volumen es demasiado alto. Los demás que veían televisión no dijeron nada y el asunto quedó ahí.

No es nada fácil esto de buscar una vida espiritual y vivir en consecuencia. Soy un hombre con muchas debilidades.

[Patricia Carvallo]

Autorretrato

#

Aprendí a leer a los tres años y medio porque mi hermana necesitaba con quién jugar a la escuelita. Desde entonces leo hasta las etiquetas de los frascos. No hay nada que disfrute más que un pupitre, lápiz y papel. Crecí oyendo a mis hermanas decir que yo no tenía sentido común; eso lo asumí como quien nace con el pelo negro o las rodillas torcidas, además de que tenían razón. No me gustan mis dientes y quisiera medir cinco centímetros más. Me aterran las arrugas y la vejez, el quedarme tuerta o perder la memoria. Me gusta comer. Soy aprehensiva y ansiosa, y se lo he contagiado a mi perro. Según mi mamá, soy muy mentirosa. Hasta que tuve como treinta años fui la hermanita de Octavio; ahora todo el mundo me trata de usted, y me molesta. Soy rencorosa, no olvido ni perdono una afrenta. Sé guardar secretos mejor que nadie y me he arrepentido de ello, sobre todo de no haber contado del intento de suicidio de una amiga. Todavía está viva. Me encanta ver televisión y me divierten los comerciales. Como arroz blanco frío de la nevera con salsa de tomate y me duermo en todos lados, sin pena ninguna. Una vez me dormí manejando de Valencia a Caracas a las cinco de la tarde. Hubiera querido ser bailarina, pianista, cantante, ingeniero, reina de belleza, astronauta, superhéroe, traductora, primer ministro. Pipi Calzaslargas fue mi ídolo de infancia. Tengo la nariz de mi mamá y las manos de mi papá. Soy tan cobarde que me dan miedo las cosas que hice y me sobresalto cuando pienso en ellas. He volado en ultraliviano y me he tirado de acantilados peligrosos, y ahora sufro cuando me monto en avión o estoy en un piso treinta y nueve. Soy la mata de la contradicción; quiero hacer todo y no tengo tiempo de nada. Coso, tejo, redacto amparos, contratos y demandas, hago collares de tela, aprendí paleontología por mi cuenta, cambio pisos viendo tutoriales en internet, hago genealogías, doy consejos, escribo cuentos. Me fustigo por los errores cometidos, no me perdono, ni busco clemencia. Todavía no entiendo por qué, cuando éramos chiquitas y jugábamos a Meteoro, yo tenía que ser Chito, aun cuando el puesto de Chispita estaba vacante.

Tres onzas

—¿**Cuándo vienes tú?**

Así empieza cualquier conversación con mi mamá: nada de holas, ni de preguntar cómo estás. Y cuando finaliza la conversación, solo ella lo sabe; simplemente termina de hablar y cuelga, y uno se queda como… ¿qué pasó?, ¿será que se cortó la llamada, que me quedé sin teléfono o se cayó internet? Pero no, es que con mi mamá ha sido siempre así. Va directo al punto, sin pararle mientes a lo que piense el interlocutor; a veces creo que no sabe que tiene a una gente del otro lado de la línea. Y cuando, como en este caso, estoy próxima a ir a Caracas, sus llamadas son siempre para encargos de última hora.

—¿Qué quieres? —contesto en el mismo tono rudo y parco en el que ella me ha hablado a ver si le gusta, pero nada que acusa el golpe.

—Algo muy importante, pero solo si tienes tiempo, si no te incomoda.

—Ajá.

—Yo necesito, oye bien, que no es malcriadez mía… yo necesito por mi salud, un aceite de trufa blanca.

—Caray, mamá, con la carencia de cosas que hay en Venezuela y la falta de tiempo que tengo yo, ¿tú me vas a pedir un aceite de trufa blanca? ¿No puede ser de oliva normal y corriente, que se consigue en todos los supermercados? La verdad es que yo nunca he visto aceite de trufa blanca.

—¡Tú, qué vas a saber, si ni siquiera tienes pimienta en tu casa! —y continúa—. Yo conseguía de todo en Burdines.

—Burdines quebró hace décadas, mamá.

—¿De verdad? ¡No puede ser! Tan buena que era esa tienda.

Durante los próximos cinco minutos se explayará en la remembranza de la Miami de los años setenta y ochenta, de todas sus adquisiciones cuando venía de shopping, hasta que, con voz lastimera, me vuelve con que lo del aceite es cuestión de salud. Que ella necesita imperativamente —dice, remarcando cada sílaba— ese aceite de trufa blanca, y que en Caracas, que no se consigue lo básico, menos va a conseguirse el aceite ese.

—Por eso mismo, mamá. Yo ya llevo una maleta con dieciocho rollos de papel toilette, sesenta y cuatro jabones de baño, café y todavía me falta meter un pocotón de cosas más que son necesarias... Llego el 24.

—Tú no entiendes —dice ahora, pero con tono altanero— que lo del aceite es cuestión de mi salud. Que si yo no me la cuido, nadie está pendiente de mí.

—Ah, ¿no?, ¿nadie está pendiente de ti? Sííí, seguro que estás abandonada a tu propia suerte, a la buena de Dios, zarrapastrosa, sin medicinas... Lo que hay que oír... —Al segundo me arrepiento de haber dicho esto, pues con ello he despertado a un monstruo y he destapado el agujero negro de donde empezarán a salir todas las quejas en mi contra, que las tiene documentadas desde el año 1974. Aquí es cuando separo el aparato telefónico de la oreja y dudo si poner el altavoz o, simplemente, con base en la experiencia de larga data que tengo en calcularle «la cuerda», dejarlo allí hasta que, en algún paréntesis, se dé cuenta de que ya no estoy oyéndola y piense que la conexión se cayó, como también es costumbre.

Pero hoy el remordimiento y el sentimiento de culpa ganan y opto por poner la bocina, así que alcanzo a oír cuando dice que el cardiólogo le ha prescrito el aceite de trufa blanca por su condición. «¡Qué mentirosa!», pienso. Y resulta que vuelvo a meter la pata, porque me oyó; con sus poderes sobrenaturales de mamá, me oyó el pensamiento. Y mientras proceso cómo me voy a zafar de haberla llamado mentirosa, reparo en que ya no habrá freno, que todos los males que salieron de la caja de Pandora se verán como niños de pecho al lado de lo que se me viene encima.

Capeo el temporal con el mismo recurso de siempre: decir sí, ujum y no, alternada y mecánicamente. Y algo fundamental: morderme la lengua, no importa lo que suceda. Tengo que sobrevivir a la llamada.

Total, que cuando oigo que hace una pausa para respirar, rápidamente grito que sí, que le voy a buscar el bendito aceite de trufa blanca y que se lo voy a llevar, y antes de agregar «cuésteme lo que me cueste», consigo dominarme y cerrar mi bocota.

Con esto logro que se aplaque un poco y que solo vocifere algunos agravios de cierre. Cumplida su meta, sin aviso previo, tranca el teléfono.

Aunque exhausta, quedo en pie y con energía suficiente para salir a buscar el aceite esa misma tarde. Pateo el downtown, la Calle 8, Brickell City Center, Doral y sus alrededores, hasta que consigo una botellita de algo así como de tres onzas, y para pagarla me despojo de un anillo, una cadena y mi cartera de marca; en realidad, pago estoicamente unos treinta dólares que me duelen en el alma. Al llegar a la casa, envuelvo la botellita en varias bolsas plásticas de supermercado y, antes de meterla en la maleta, ensalmo el frasquito con oraciones propicias para la ocasión, para que no se me vaya a romper en el trayecto hasta Caracas.

Llego justo para la cena de Nochebuena. Después de comer, nos sentamos en la sala para el intercambio de regalos. Aparte, tengo la botellita con el bendito aceite de trufa. Lo he dejado para que sea el último regalo en entregar; lo envolví en un papel de angelitos para que sea una sorpresa. Mi mamá lo recibe sin mucha emoción y retira el papel con desgano; cuando cae en cuenta de lo que es, pega un salto y su bastón va a parar al otro extremo del salón; me abraza con una fuerza sobrehumana salida de no sé dónde. Apurruña la caja, la estruja, dice cosas como «ahora sí voy a cocinar bien» —aunque hace años que ya no lo haga porque no se puede sostener en pie frente a la cocina—, «me salvé», «tanta falta que me hacía esto» y otros dislates más.

Entonces va y pone la cajita en una de las repisas de la biblioteca, donde mi madre pasa sus días de ancianidad hojeando revistas viejas de decoración y viendo en el cable Televisora Española y Antena 3.

Allí quedarán, impertérritas por años, las tres benditas onzas de aceite de trufa, que darán inicio a la vasta colección de los «imprescindibles para su salud» de mi mamá, y que en la próxima década serán acompañados por la vaporera de aluminio, el «perol ese verde buenísimo para cocinar en microondas» y otros tantos adminículos más, con lo que se pondrá a prueba no solo mi bolsillo, sino mi capacidad para desentrañar su propósito y utilidad. Con preocupación miro el teléfono y espero el repique: estoy segura de que acaba de oír lo que pensé.

[Alicia Monsalve]

Autorretrato

#

Podría decirse que la mía es una historia de despedidas. De vivir en un lugar y extrañar otro. De muertes demasiado tempranas y demasiado jóvenes. De sentimientos bipolares y nostalgias. Aprender a entrelazar la felicidad con sentir que siempre faltó algo. Crecer con un vacío que succiona cualquier cosa y te susurra: «tu padre no está, pobrecita, nunca estará; es solo una foto desvaneciéndose con los años». Y dar quizás demasiado valor a lo que pudo ser, dejando que esa sombra empañe lo que es. La mía es también una historia de hacerse la valiente. De ser dura por fuera, blanda por dentro. De amar demasiado. De atajar el primer golpe, de ser la mayor, la consentida, la rebelde, la que muerde. De lanzarse al vacío por ilusiones elementales y dejar todo por espejismos lejanos. De descubrir que ese todo que creíste dejar se volvió, de repente, una distopía. De tener la certeza de que la familia lo es todo y, a pesar de eso, encontrar otros mundos, otras personas y descubrirte más allá que quizás acá. Podría también afirmar que he vivido muchas vidas al mismo tiempo. Que no es lo mismo Caracas que Valencia, Aguirre o Morrocoy, Los Ángeles o Miami. En una u otra ciudad, vivir en mundos diferentes: ritmos y acentos, intereses y valores disímiles, solo conectados, quizás, a través de mi universo particular. Sobre todo, tal vez descubras que soy un rompecabezas. Al armarlo, verás las alas de mariposa que reflejan brillos iridiscentes, pero si te acercas descubrirás miles de células cristalinas que protegen delicados filamentos que me permiten volar. Sí, evadirme. Con libros, con plumas, con distancias, puntos y comas.

Llamada perdida

El señor Fu se sienta en la puerta de su tienda a fumar un cigarrillo de tabaco negro, sin filtro. Hoy no está ocupado, no hay nada que vender más que algunos vegetales arrugados, alguno que otro enlatado que quedó olvidado en un estante, quizá próximo a su fecha de expiración. No habrá que seguir a los clientes por los pasillos llenos de mercancías de poco valor para que no roben un frasco de champú de marca dudosa. No tendrá que pelear con los niños que se comen las golosinas antes de pagar. El señor Fu quiere seguir esperando. Quizás ya no haya tiempo.

El teléfono escondido en el bolsillo interior de su guayabera está vibrando. Al sentirlo, aspira con fuerza el cigarrillo: las minúsculas partículas de hierba se consumen con rapidez y el fuerte olor se extiende por la calle vacía de transeúntes y de ilusión, como su presente. Entra al establecimiento, cuyo aroma recuerda que alguna vez hubo allí verduras frescas, detergente, escobas y juguetes de plástico. Ahora esos olores se mezclan con el del moho que empieza a apoderarse de los anaqueles con la humedad condensada en las tibias tardes de aquella ciudad que, hace unos años, lo recibió con tráfico y apuros.

En la pantalla hay una llamada perdida. La señora Fu apenas lo oye vociferar. A ella ya casi no le importa lo que pase allá afuera. Está en el depósito viendo un programa repetido, doblado al español y con risas grabadas. Luego discuten en el dialecto que aprendieron de sus padres antes de huir a Venezuela. Antes de casarse. Antes de tener a su única hija. Deciden marcar el número que aparece en la pantalla del teléfono: llamada perdida, Suyin Fu.

Él contesta rápido a las preguntas de Suyin, sin pensarlo siquiera un poco. Los esposos se miran, adivinando los pensamientos del otro. La señora Fu arruga el delantal con una mano y con la otra trata de contener las lágrimas. Toma el teléfono, pregunta por los nietos, se despide con ternura e intenta disimular la tristeza. El señor Fu ha vuelto a decir «no» a la solicitud de la hija que los quiere fuera del país cuanto antes, que vayan a vivir con ella. Otro país, otros tiempos. Esta vez la señora Fu le asegura que se va a arrepentir de su terquedad. Respira. Se contiene. Por un momento siente que sus palabras podrían ser de mala suerte, pero en el fondo sabe que eso no funciona con el señor Fu. Para él, las maldiciones son como el humo que aspira y suelta sin percatarse.

Fu sabe que ella no se va a ir sola. Lo acompañará hasta que uno de los dos fallezca. Está seguro de que él se irá primero. Suyin les ha rogado que cierren el negocio de una vez. Es el último local que les queda y ya no hay más que perder. Sus primos y amigos se han ido. No queda nadie de su pueblo en el club social. Hasta los cocineros son gente reciente que viene de China con otras costumbres. Pero el señor Fu sigue esperando que algo pase, que regrese el país que conoció.

Abre la puerta y el resplandor de las dos de la tarde le hace entrecerrar los ojos. El sol sobre el asfalto caliente crea la ilusión de que hay una inmensa laguna en medio de la avenida. A esta hora, la peluquería estaría llena de señoras buscando no perder el alisado. La farmacia anunciaría el turno del próximo domingo. La escuela de ballet le traería clientes aburridos mientras sus hijas terminan la clase. Estarían llegando los chicos del liceo a comprar meriendas y refrescos.

Enciende otro cigarro y recuerda a Suyin, a esta misma hora, a la edad de los muchachos que venían en bandadas a la tienda. Repite en su mente la imagen de la primera vez que la vio llegar con aquel amigo y siempre con él casi todos los días después. Caminaban sonrientes, hasta que lo veían. Siempre demasiado cercanos, siempre tan distinto a lo que hubiera aspirado para su única hija.

No quiere recordar cuando Suyin le dijo que dejaba la universidad porque estaba embarazada. Se culpa por haberse asentado en aquel vecindario donde había gente de plaza y barrio, en vez de ocuparse de las tiendas de juguetes que había abierto con su primo en zonas residenciales. Pero la señora Fu quería estar cerca de las amigas que había encontrado con más excusas que razones. Se había convertido a una iglesia con el fervor del desesperado. A ella la saludaban los clientes con su nuevo nombre de bautizo. María Fu se había hecho parte de la calle y de los vecinos que le encargaban artículos escasos, descuentos y hasta fiado.

Fumaba y pensaba. No creía: solo vivía, solo deseaba todo lo que ya no podía conseguirse en aquella ciudad que le había brindado prosperidad tan lejos de su primer hogar.

No podría volver a empezar. No podría vivir como pobre recién llegado con aquella familia que lo había emparentado sin su consentimiento. Moriría primero. Mejor estar muerto que arrimarse al yerno al que había despreciado.

El celular vibra y Fu lo contesta olvidando que está de nuevo en la calle. Al frente hay dos hombres que se percatan de sus movimientos. Hacen señas. El cómplice corre sigilosamente y sorprende a Fu por detrás. Trata de arrebatarle el teléfono. Forcejean. Fu estruja su cigarro sobre la mano del ladrón, la piel se le chamusca mientras se retuerce de dolor y empuja al comerciante contra el suelo. Un ruido sordo le atraviesa el tímpano y le dice a Fu que se hace tarde para el café negro de las tres que ya se está colando en el almacén.

Suyin escucha a unos hombres gritar y un correteo al otro lado del teléfono. Sigue escuchando sus voces mientras su mente la lleva directo a Valencia, al calor de su calle, a la salida del liceo, a los que se llevaban productos sin pagar, a la entrada del barrio construido en un terraplén detrás de la licorería.

La señora Fu camina con la humeante taza de peltre con café expreso recién colado, un pequeño lujo en esos tiempos de escasez. Abre la puerta y las campanitas colgadas de la manija aún suenan cuando ve el cigarrillo retorcido que se consume lentamente junto al cuerpo inerte que yace sobre el cemento.

Podcast

Algunos de los cuentos contenidos en esta antología están disponibles en el podcast **Historias de la tribu** en las voces de sus autores, a través de Spotify y otras plataformas de difusión.

Editado por Hernán Vera Álvarez, con producción de Pablo Erminy.

https://open.spotify.com/show/5cONzemK339IM3mWDoP0L7

Hernán Vera Álvarez

Hernán Vera Álvarez, a veces simplemente Vera (Buenos Aires, 1977). Es escritor, dibujante y editor. Realizó estudios de literatura en Florida International University donde actualmente trabaja como profesor. Ha dado talleres de escritura creativa en distintas instituciones, entre ellas, el Koubek Center del Miami Dade College. Ha publicado las novelas La librería del mal salvaje –Florida Book Awards– y Los hermosos, los libros de poesía La vida enferma y Los románticos eléctricos, el de cuentos Grand Nocturno, el de ensayos La cultura es una estafa, y el de comics La gente no puede vivir sin problemas. Es editor de varias antologías, entre ellas, Vacaciones sin hotel –Florida Book Awards–, Don´t cry for me, América –Latino International Book Awards–, Escritorxs Salvajes y Viaje One Way. Muchos de sus textos han aparecido en The New York Times, The Hong Kong Review, Latin American Literature Today, El Nuevo Herald, Nueva York Poetry Review, La Nación y Clarín. Desde el 2000 reside en Estados Unidos, de los cuales ocho años vivió como un ilegal y trabajó en un astillero, en la cocina de un cabaret, en algunas discotecas, en la construcción.

X: @HVeraAlvarez

[Narrativa Breve]

Otros títulos de Ediciones Aguamiel:

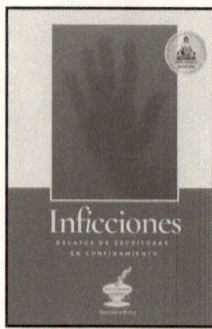

Inficciones

Relatos de escritoras en confinamiento
Alicia Monsalve, Editora (2020)
—International Latino Book Awards—

Participan: Patricia Carvallo, Leslie Lambarén, Nancy Mejías, Alicia Monsalve, Cecilia Montaña, Lupe Montiel, Ivón Osorio, Diana Pardo, Patricia Reyes, Pesia Stempel, Itsia Vanegas.

23 Relaciones imperfectas

Antología de autores hispanos en los Estados Unidos. Hernán Vera Álvarez, Editor (2023)
—Florida Book Awards—

Participan: Mariluz Durazo, Charlene Batlle, Matilde Suescún, Patricia Carvallo, Vanessa Arias Ruiz, Diana PArdo, Nancy Mejías, Javier Lentino, Ediardo Rubin, Lissette Hernández, Norman Gimenez, Daniel Reschigna, María Alecia Izturriaga, Ivón Osorio Gallimore, Dalila López, Alicia Monsalve, Claudia Prengler Starosta, Diana Rodríguez, Emilia Anguita, Slavkina Zupcic, Pablo Erminy, Liana Fornier De Serres.

Vacaciones sin hotel

Antología de autores del Sur de la Florida (2021)
Hernán Vera Álvarez, Editor
—Florida Book Awards—

Participan: Daniel Reschigna, Alicia Monsalve, Mila Hajjar, Diana Rodríguez, Eduardo Rubin, Gastón Virkel, Dalila López, Cecilia Montaña, Claudia Prengler Starosta, Ivón Osorio Gallimore, Emilia Anguita, Patricia Carvallo, Vanessa Arias Ruiz, Slavkina Zupcic, Liana Fornier De Serres, Nancy Mejías, Norman Gimenez, Matilde Suescún, Diana Pardo, Lissette Hernández, Pamela Bustíos, Pablo Erminy, Nicole Duggan, Javier Lentino, Karina Matheus, Mariluz Durazo.

Fugaz - Cuentos y relatos breves (2023)

Claudia Prengler Starosta
—Florida Book Awards—

Una antología de cuentos y relatos donde la reflexión personal sobre la fugacidad de la vida y la exploración de la memoria nos lleva a surcar la infancia, la intimidad familiar, las relaciones generacionales, las migraciones y la preservación de la cultura ancestral en múltiples tiempos y geografías, a través de la autoficción.

www.ingramcontent.com/pod-product-compliance
Lightning Source LLC
Chambersburg PA
CBHW020230030726
47497CB00009B/3027